世界著名少儿 ◆ 科幻故事系列丛书

宇宙飞船历险记

高 帆 主编

吉林人民出版社

图书在版编目(CIP)数据

宇宙飞船历险记 / 高帆主编 . -- 长春 : 吉林人民
出版社, 2012.4
(世界著名少儿科幻故事系列丛书)
ISBN 978-7-206-08845-2

Ⅰ.①宇… Ⅱ.①高… Ⅲ.①儿童故事 – 作品集 – 世
界 Ⅳ.①I18

中国版本图书馆 CIP 数据核字(2012)第 077252 号

宇宙飞船历险记
YUZHOU FEICHUAN LIXIANJI

主　　编：高　帆
责任编辑：张文君　　　　　　　　　封面设计：七　洱
吉林人民出版社出版 发行 (长春市人民大街7548号　邮政编码:130022)
印　　刷:鸿鹄(唐山)印务有限公司
开　　本:670mm×950mm　　　　　　1/16
印　　张:12.5　　　　　　　　　　字　　数:150千字
标准书号:ISBN 978-7-206-08845-2
版　　次:2012年7月第1版　　　　印　　次:2021年8月第2次印刷
定　　价:45.00元

如发现印装质量问题,影响阅读,请与出版社联系调换。

编选及撰稿人（按姓氏笔画为序）：

云　篷　　王文瑄　　田　苇　　孙一祖

孙　淇　　孙天纬　　吕爱丽　　宋丽军

宋丽颖　　邱纯义　　张　岩　　贾立明

前　言

　　今天，世界已进入了一个科学技术不断飞速发展的新时期。成长中的少年儿童作为未来世界的主人，更以非凡的热情关注着时代的发展，关注着灿烂的明天。对于正处在蓬勃、向上最好幻想的少年儿童来讲，科幻小说既能满足他们阅读生动故事的兴趣，极大地启发和引导他们的想象力，又能满足他们探索奥秘以及富有英雄主义精神的追求不平凡光辉业绩的心理，从而使他们在津津有味的阅读中，增长知识，培养科学精神，并进一步激发他们探索科学奥秘的热情，燃起他们变美好的幻想为现实的强烈愿望。因而在阅读中，也必然对科学幻想性作品有一种如饥似渴的需求。为了满足少年儿童的需要，我们编选了这套"世界著名少儿科幻故事"系列丛书。

　　科幻小说即使从被普遍认为是世界第一篇的玛丽·雪莱的《弗兰肯斯坦》算起，至今也已经历了180年的发展历史，积累的作品浩如烟海，尽管以"优秀""著名"来加以限定，可选读的作品仍是琳琅满目，美不胜收。我们根据少年儿童的阅读心理、审美趣味和接受能力，从灿若繁星的中外科幻名著中选择了120余篇(部)，为方便阅读，大体按题材、内容分编为8册，即《割掉鼻子的大象》《宇宙飞船历险记》《外星人来到地球上》《头颅复活了》《机器人逃亡了》《穿越时空的飞行》《神秘的魔影》

《不死国》。

　　每个分册作品的顺序，大致按地区和作品产生的年代排列。先欧洲，以英、法为首，这是因为不仅公认的第一部科幻作品《弗兰肯斯坦》产生在英国，而且被誉为科幻之父的凡尔纳以及其后另一派科幻创始人威尔斯，也分别为法国和英国作家，这样排列自然也就适应了按年代排列的要求。次为美洲，这些以被誉为科学奇才的阿西莫夫为代表的科幻作家们，开辟了世界科幻创作的新的黄金时代。再次为亚洲，中国排在最后。中外两个部分，中国本可以在前，也可以在后。排在最后，既标志了中国在亚洲的归属，也从时间上自然标志了中国现代科幻著名作家、作品的产生晚于欧美。

　　对所选的作品，两三万字以内的全文编入，而三万字以上的则采取缩写的办法，编入一个保持了原作概貌的故事。这既是因受篇幅的限制而采取的措施，也是针对少儿读者这一特定对象的欣赏习惯而确定的一个原则：向他们介绍一个有趣的科学幻想故事，只突出其故事本身的魅力，并不强调原作作为小说的风采。毫无疑问，译者的劳动为我们的缩写提供了方便条件，我们充分尊重翻译家们的劳动，并对他们致以深深的谢意。但还要说明的是，有些篇参照了不同的译本，有些对原译文字进行了较大改动，为了本书格式的统一，缩写稿的原译者就一律未予注明，在这里也一并表示歉意！

　　为了编好这套书，着手之初，我们已与部分作者、译者取得了联系，得到了他们的支持，有的作家还热情地为我们提出了一些十分宝贵的建议，我们在这里深表感谢。但是也有一些作者、译者，我们至今尚未联系上，或因地址不详，或因出国、退休，信件无法送到，我们深感遗憾。相信这套书的出版，会使我们之间得以沟通，并希望得到大家的谅解。期待着给我们来信！

高　帆

目录
contents

目录
contents

从地球到月球

〔法国〕凡尔纳

大炮俱乐部主席的报告

在美国南北战争时期，马里兰州中部的巴尔的摩城成立了一个很有影响的新俱乐部——大炮俱乐部。它由一个主席、两个秘书、一个档案管理员、一个会议召集人5人组成。不到一个月，俱乐部就发展了1833个正式会员和30575个通信员。这些人都曾发明过或改良过一种大炮，他们在俱乐部中不仅进行理论研究和图纸设计，还身体力行，参加战争，有的人在炮架旁一直待到老，有很多人长眠在战场上，生还的人大部分都残疾了。在大炮俱乐部里，平均4个人分不到一条完整的胳膊，6个人才有两条腿。然而，这些勇敢的大炮发明家却以此为自豪，雄心勃勃地打算把更多更先进的大炮拿到战场上去实验，去发挥真正的效力。就在这时，战争结束了。

就在会员们为无用武之地而颓丧、愤懑之际，俱乐部主席因倍·巴比康召集全体会员，在联邦广场21号大炮俱乐部召开了盛况空前、具有里程碑意义的大会。

10月5日下午8点，大厅内挤满了从四面八方涌来的会员；大厅外也人山人海，连城内知名人士和市政府官员也不得不屈尊混在其中，在外面竖起耳朵听里面传出来的新闻。

主席和4个秘书占据了大厅尽头的一个宽阔的平台。主席因倍·巴比康是英格兰人的后裔，40岁，中等身材，沉着冷静，坚毅大胆，思想周密，注意力集中。他早年做木材生意，发了大财；战争时期当了大炮制造业协会的理事长，在大炮的改进方面出了不少力。此刻，他纹丝不动地坐在那里，屏息凝神。8点整，他霍地站起来，整个闹哄哄的会场顿时鸦雀无声，他开始了他的演讲：

"正直的会员们，战争结束了，我们无事可做。所以我们必须拿定主意，到另外的领域里去寻求能支持我们活动的食粮！

"最近几个月以来，我一直在想，我们能否在我们的专业方面搞一项突破，进行一项无愧于19世纪的伟大实验，看看弹道学的进步能否帮助我们达到目的。我相信，我们能够在一项别的国家几乎无法实现的事业中获得成功！

"正直的会员们，我们都看过月球这个黑夜里的天体，我要带着你们去征服它，我们要做这个未知世界的哥伦布，将它的名字列在这个伟大的合众国的州名之中！"

整个大炮俱乐部一片欢腾，大家高呼着："万岁，月球！"

巴比康接着讲：

"大家知道，弹道学在近几年获得长足进步，大炮和火药的力量是没有限制的。根据这个原理，我想可不可以用一个适当的装置把一颗炮弹送到月球上去。我经过各方面的考虑，经过研究，得出的无可争辩的计算结具表明，凡是向月球射出的初速每秒12000码的炮弹，必然能够到达那里。因此，我向你们建议，来试试这个小小的实验！"

会场上掌声、欢呼声、喝彩声、跺脚声，几乎把大厅震塌了。人们把巴比康托起，扛在肩上，游行欢庆。

巴比康的讲话通过无线电波、报刊迅速传遍美国，人们经过论证，认为这一大胆的设想切实可行。从这一天起，巴比康成了美国最伟大的公民之一，变成了类似"科学界的华盛顿"式的人物。

剑桥天文台的回信

马萨诸塞州的剑桥天文台是一个远近闻名、极富权威的机构。巴比康向他们求教有关向月球发射炮弹的事宜，剑桥天文台在两天之内就给以答复，对许多问题逐一进行详细论证后，回信最后说：

1. 大炮应设在南纬或者北纬零度至28度之间的地方；

2. 炮口应瞄准天顶点；

3. 炮弹应具有每秒12000码的初速；

4. 应于明年12月1日下午11时13分20秒发射炮弹；

5. 它将在射出4天，即12月4日午夜，月球穿过天顶点时到达。

贵俱乐部的会员们应刻不容缓地进行这一事业所需要的各项准备工作，必须在指定的时刻发射，假如错过了12月4日这一天，就必须再过18年零11天才能遇到月球同时穿过近地点和天顶点的机会。

在天文学理论方面，我台将随时准备协助你们，并同全国人民一起，预祝你们成功！

剑桥天文台台长　贝尔法斯特

"月球热"

到18世纪末叶，经过欧洲各国科学家孜孜不倦的研究，人们掌握的月球知识也充实起来。这个天体遍地是属于火山性质的环形山，它上面没有空气也没有水，月光的亮度是太阳的三十万分之一，它的热量对温度计几乎没有什么作用。人们还知道，太阳照射到地球上的光还可以反射到月球上去，月球的直径、面积、体积都已大体知晓。

巴比康的报告更引起了人们对月球的极大兴趣，所有和月球有关的天文学问题一下子都变成了街头巷尾的谈话资料，人们言必及月球，整个美国完全陶醉在"月球热"里了。不论是科学家，还是普通百姓，都关注月球、研究月球。月球的自转与公转，月相及月蚀，关于月球的种种知识，都是每一个美国人不能不知道也不该不知道的东西。可以说这些知识在美国得到了很好的普及，但也存在着一些对月球的错误观点，一些没有根据的恐惧和无知的迷信，一时尚难以消除。尽管如此，大炮俱乐部要把美国星条旗插在月球这个空中新大陆最高山峰上的信念仍坚定不移！

炮弹·大炮·火药

连日来，大家从天文学角度研究了许多问题，现在必须要从机械上来解决问题了。

巴比康为此召开了3次会议，这期间，必须把炮弹、大炮和火药这3个重要环节解决。大会执委会由4位在这方面最有学问的科学家组成，他们是：主席巴比康（他在赞成和反对票数相等时有裁决权）、将军摩根、参谋艾尔费斯顿和秘书梅斯顿（负责会议记录）。

第一次会议开幕了，巴比康提出先讨论炮弹问题，他说："我们亟待解决的问题是，必须使炮弹具有每秒12000码的初速。摩根将军，至今为止炮弹所能达到的最大速度是多少？"

"800码。"摩根将军说。

"这么说，"巴比康继续说，"如果我们以800码的速度作起点，必须把它增大15倍，那么我们用怎样的方法才能产生这样的速度呢？这个问题留给下次会议再讨论。今天要定的是炮弹的体积，我们未来的炮弹总不能像现在这样只有半吨吧!"

经过多方面的设想和反复的论证,最后决定制造一颗圆形的铝弹:直径108英寸,弹壁厚12英寸,重20000磅。

这次会议的决定在外界引起很大反响。胆小的人一想到向太空发射一颗20000磅重的炮弹就有点毛骨悚然。大家都在互相询问,什么样的大炮能够赋予这样笨重的东西以足够的初速呢?

执委会的第二次会议答复了这个问题。

"亲爱的委员们,"巴比康说,"今天我们要研究的是大炮的长度、形状、构造和重量。一颗炮弹被发射到太空以后,要受到外界的阻力、地球引力和它本身受到的推动力。外界阻力相对来说是微不足道的,但我们必须战胜地球引力,即重力。那么用什么方法达此目的呢?自然是大炮发射造成的推动力。推动力的大小取决于大炮的长度和使用的炸药的数量,而炸药的数量又受到大炮自身体积的限制。因此,我们今天要重点研究大炮的体积。"

大家热情地提供数据和设想,为某些问题互相进行激烈争论。最后由主席巴比康综合大家意见拍板定夺:大炮身长900英尺,内径9英尺,壁厚6英尺,重量68040吨。

第三次会议决定采用爆炸力最强的硝化棉火药,即火棉,重量是40万磅。至此,巴比康他们这几位认为天下无难事的大胆伙伴,已经解决了十分复杂的炮弹、大炮和火药的问题。现在只剩下付诸实施了。

宿　　敌

从开始工作到实验完成这一年多的时间里,有好多叫人激动的事件。选地基、造沙模、铸大炮以及具有极大危险的装火药工作,这些都激起了公众极大的好奇心和热忱的关注,"巴比康计划"得到举国上下2500万朋友的拥护和支持。但是也有一个人反对、攻击，这个人就是生性高傲、天不怕地不怕、自信心极强、性情刚烈的科学家——尼却尔。多年来，炮弹专家巴比康夜以继日地工作在巴尔的摩，而铁甲专家尼却尔则夜以继日地工作在费城。两人沿着完全相反的目标前进，他们时时刻刻都在斗争着，甚至在梦中都从未停息。

巴比康和尼却尔一系列的较量给人们的印象是，铁甲向炮弹让步是必定无疑的。而尼却尔却不肯认输，他公开与巴比康打赌。他认为：大炮俱乐部的实验经费不可能筹足；铸造一尊长达 900 英尺大炮的计划不可能实现；大炮无法装火药；大炮第一次开炮就会爆炸；炮弹不会飞到 6 英里以外的地方，它将在射出几秒钟后落下来。否则，他情愿输 15000 美元。

10 月 19 日，尼却尔接到了除了署名和日期外，只有两个字的巴比康的复信："接受。"

两州之争

这时候，还有一个有待解决的问题：必须选择一个适合实验的地方。经过论证，大炮俱乐部全体会议决定在得克萨斯州或者佛罗里达州内铸造巨炮。但是这个决议却在两州的城市之间引起了史无前例的竞争，他们为之展开了舆论大战，甚至彼此几乎要诉诸武力，并以粗暴的恐吓来威胁巴比康做出有利于自己一方的裁决！

巴比康从多方面考虑，认为两州的条件都不相上下。鉴于两州之间竞争如此激烈，巴比康认为无论大炮发射选在哪一州，其州内各城市之间必定还会再为大炮发射地的具体地址争执不休，所以他毅然决定把大炮发射地选在佛罗里达州，因为该州只提出了一个坦帕城，而得克萨斯州一下子提供了几个城市供选用。

毫无疑问，这个决定得到了佛罗里达州代表们的热烈拥护和欢呼，招致了得克萨斯州代表们愤怒的抗议和诅咒。

募 捐

此项实验所需的几百万美元的款子，一直还没着落。尽管这纯粹是美国人的事业，但巴比康还是决定把它当做世界性的实验，以求得每个民族经济上的援助。参与地球卫星事业，是整个世界的权利和责任。为此目的发起的募捐，从巴尔的摩伸展到世界的各个角落。

世界的许多天文台，像巴黎、彼得堡、开普敦、格林、北京等，都给大炮俱乐部打来贺电；也有些天文台则保持着谨慎的观望态度；至于格林威治天文台，则赞成尼却尔的理论，武断地否定巴比康计划的可能性。

10月8日，巴比康在他一篇热情洋溢的声明中向"世界所有善良的人"发出呼吁，世界各地积极响应，轰轰烈烈的募捐活动取得了意想不到的效果，最后捐款数额为：5446675美元！

10月20日，大炮俱乐部和位于纽约附近的以铸炮驰名的高尔兹普林工厂签订了一份合同。合同规定，工厂负责将铸炮所需的物资运往佛罗里达州南部的坦帕城，全部工程至迟在明年10月15日完成，交出质量合格的大炮。否则自该日起，直到月球处在同样条件下的那一天为止（即18年零11天），每天付罚金100美元。

铸 炮 节

巴比康决定亲自勘察、选定大炮的基址。他争分夺秒，首先把制造望远镜的资金拨给剑桥天文台，又和布里杜威尔公司签订了一份制造铝炮弹的合同。然后他在秘书梅斯顿、参谋艾尔费斯顿和高尔兹普林工厂的经理莫奇生的陪同下，离开了巴尔的摩，前往佛罗里达，他要在佛罗里达选一个最适合发炮的地方。

经过艰辛奔波，他们来到一个山石林立的高岗中央，这是一片沐浴在灼人的阳光下的占地数英亩的开阔地带，地势隆起，面积相当大。这一带叫乱石岗。巴比康取出仪器，精确地测量此地位于：北纬27度7分，西经5度7分。

"这儿土质干燥，岩石较多，给我们的实验提供了所有的有利条件。"巴比康用脚跺着乱石岗的高巅说，"我们的炮弹将要从这儿飞入太阳系空间！"

莫奇生回到新奥尔良，8天后，他就招募来1500名工人，在他们之中，有许多人把家眷都带来了，简直是大规模的移民。10月31日上午10时，这支工人队伍踏上了坦帕码头。他们忙着搬卸汽船运来的机器设备、食品以及相当多的"活动房屋"，一直忙了好多天。与此同时，巴比康插上了第一批测量标杆，着手修建从乱石岗到坦帕的15英里长的铁路。

11月2日，一座铁皮房屋的城市就在乱石岗脚下建立起来了。

11月4日，巴比康对工头们说："我把你们召集到这里来的目的就是要制造一尊内径9英尺、炮筒壁厚6英尺的大炮，外面还有一层19.5英尺厚的石头护壁。就是说，我们要掘一口60英尺宽、900英尺深的井。此项工程必须在8个月内完成，我寄希望于你们的勇敢和熟练的技术。"

上午8点，丁字镐在佛罗里达的土地上掘了第一下，从此刻起，矿工们手里这件勇敢的工具就片刻不停地挥舞着。工人们一天分4班轮流工作。

在8个月中间，巴比康一直待在乱石岗，从未离开过一会儿。他兢兢业业地工作，熟练有效地操持着整个工程队。到了第二年6月10日，即巴比康规定的期限前20天，这口井已经达到了900英尺的深度，井壁也砌好了。井壁下面是30英尺厚的基础，井口恰恰与地面相齐。

在掘井期间，铸炮的准备工作也在火速进行。在离井600码的地方，1200座反射炉环绕着这个中心矗立着，每座炉子6英尺粗，相互间的距离是1码。这1200座炉连接起来有2英里长，蔚为壮观。

铸大炮用的灰铁都是优质矿物，经过两次熔化，然后提纯。

掘井和砌井壁的工作结束的第二天，巴比康就指挥工人建造沙模。要在井中心竖起一个9英尺粗、900英尺长的圆柱体，恰好填满留给大炮内膛的空间。这个圆柱是用掺了干草、麦秸的黏土和细沙做成的。沙模和井壁中间的空隙将要注满金属熔液，形成6英尺厚的炮筒。为了保持平衡，沙模必须用铁皮包起来，每隔一段的距离用楔入井壁的铁横梁支撑着。这项工程于7月8日竣工。

7月9日，铸炮开始。巴比康接受了梅斯顿好好庆祝一下铸炮节的建议，但出于安全的考虑，他只准大炮俱乐部的一个远道而来的代表团可以走进围栅。巴比康和他的同伴们站在附近的一片高地上，他们面前放着一尊大炮，工程师一发信号就开炮。

12点，一声炮响，1200个熔液槽同时开放，1200条火蛇向它们当中的那口井爬去。它们流入900英尺的深井，发出可怕的声音。铁浪把滚滚烟雾掷上天空，沙模里所有的潮气都同时蒸发出来，变成蒸汽，从石头护壁的缝隙中窜了上来。这时候，大地颤抖了，巨大的人造云团翻滚飞腾，升向天顶。一些在地平线另一边的人，说不定还以为佛罗里达地下正在形成一座新火山呢。

炮筒里的庆功宴

大炮需要多长时间能冷却呢？需要何时才能在它的崇拜者面前露面呢？早先参谋罗德曼铸他那尊6万磅重的大炮，经过半个月才冷却，而今这尊热得在离它200码的地方都站不住脚的巨炮，该等到何时呢？

日子一星期一星期地过去，终于等到了这一天。工人们走近它，掏沙模，掏清炮筒，清除出来的东西装进车厢由蒸汽机车拖走。活儿干得既热火朝天又干净利落。9月22日，这尊巨炮被打磨加工完毕，垂直地竖立在那儿，准备行动了。现在只消等待月球了，可以肯定，它一定不会失约。

大炮的竣工激起了尼却尔的怒火，他几乎病倒。

9月23日，乱石岗的围栅对外开放了，参观者络绎不绝，争先恐后，无数人从各地蜂拥至佛罗里达，坦帕这座小城由此得到飞速发展，人们给它起了个"月亮城"的美称。现在，人们都理解得克萨斯州和佛罗里达州之间的竞争为何那么激烈了。

9月25日，一只特别吊篮把巴比康主席、梅斯顿秘书、艾尔费斯顿参谋、摩根将军、布鲁姆斯伯里上校、莫奇生工程师和俱乐部其他卓越的会员等10人放到炮筒里，这时的炮底还热得让人透不过气来呢！被灯光照得雪亮的桌子上面摆着10副刀叉，一道道精美的菜肴仿佛从天而降，法国最名贵的葡萄酒满足供应。席上气氛活跃，喧声震天，相互敬酒，他们为地球，为大炮俱乐部，为合众国，为月球，为"无言的空中使者"的健康干杯！

出人意料的电报

一切准备就绪，就等着两个月后那个神圣的日子了。就在大家度日如年地盼望着的时刻，一件最出人意料、最稀奇、最难以置信的消息，把热心的群众推入新的狂热浪潮中，甚至全世界都轰动了。

9月30日下午3点47分，从爱尔兰的瓦伦亚岛传来的一封电报送到巴比康手中：

美国佛罗里达州，坦帕，巴比康请以锥形圆柱体炮弹代替球形炮弹。我将乘弹出发。现乘"亚特兰大"号轮赴美。

米歇尔·阿当

法国，巴黎

9月30日上午4时

巴比康惊异万分，不论是在大炮俱乐部还是在群众中间，都掀起了巨大波澜，甚至有人怀疑电报的可靠性，然而利物浦传来可靠的消息，这是真的！

巴比康当机立断，当即请布里杜威尔公司暂停制造炮弹。全美上下激动不已，群众慷慨激昂，热切地等待着"亚特兰大"号的到来。

10月20日，船到了，巴比康双臂交叉，闭着嘴，用询问的目光注视着名叫米歇尔·阿当的这位乘客：此人大约42岁，个高但有点驼背，脸盘宽，太阳穴大，鼻子线条果敢，嘴有人情味儿，胳膊健壮，身材魁梧。看起来他精力旺盛，是个天生的冒险家而不是冒失鬼。

米歇尔·阿当受到了极其热烈的欢迎。巴比康和他小谈片刻，答应第二天让他在群众大会上发表演说。

会场选在城外的一个空场上。30万人一连好几个钟头在闷热的天气下等待着法国人。3点钟，当阿当分别由巴比康和梅斯顿挽着左右臂进入会场时，全场欢声雷动，掌声、喝彩声连绵不断，阿当对群众的热烈欢呼文雅地还了一个礼，用流利的英语风趣而独特地来了一段开场白，然后他说：

"先生们，我不是一个科学家，而是一个无知的人，无知到忘了什么叫困难的程度。所以对我来说，坐在炮弹里到月球去，实在是一件轻而易举的事。我想炮弹就是将来的交通工具，也许有人认为它的速度太大，其实这无关紧要。"

接着他以准确的数字列举了各个行星的速度，他说：

"有的彗星在接近近日点时的速度为140万法里！而我们的炮弹速度还没有超过9900法里，而且它还会越来越小呢！先生们，我们不能总待在地球上，我们要进入空间，到月球上去，到行星上去，到恒星上去。将来这和我们今天从利物浦到纽约一样便利、迅速和安全，距离不过是一个相对的名词，最后将要变成零。"

阿当从听众的表情上看出他们有点惊疑不安的心理，便接着讲了宏观世界中更远的天体间的距离，它们都是以多少亿法里为单位的，他说："我认为，组成太阳系的行星紧紧地挤在一起，互相接触，黏做一团，它们之间的空间就跟银、铁或者铂这一类密度最大的金属分子间的空间相差无几！所以结论是：距离是一个虚词，距离是不存在的！"

"说得好！好啊！万岁！"广场上的听众异口同声地叫嚷。

"这里我必须再说一遍的是，地球和它的卫星之间的距离确实是微不足道的。如果我说在不久的将来就要建造一种'炮弹列车'，载着我们到月球上旅行，也并非为时过早。坐这种火车既没有震动、摇摆，也用不着怕出轨，乘客还没有感到疲乏，列车就到达了目的地。我相信，不超20年，地球上就会有一半的人访问过月球了！"

"万岁！米歇尔·阿当万岁！"所有的听众都叫起来。

"巴比康万岁！"阿当谦逊地回答。这句对实验发起人表示感激的话，受到全场的鼓掌欢迎。

当巴比康问阿当是不是相信月球或行星上有人时，阿当婉转而又肯定地说"有人"，他旁征博引，从多角度论证后，说："我不是神学家，也不是化学家、自然学家、物理学家。我对支配宇宙的这些规律一无所知，正因为如此，我才要去看个究竟！"

"正直的美国公民们，对于那些坚持行星上没有人这一观点的人，应当这样答复他们：假如你们能证实地球是宇宙上最好的世界，那你们可能是对的，可惜谁也没有这样做过。我们居住在地球上特别不舒服的是地轴和轨道有一个倾角。因此白天黑夜不一样长，讨厌的季节也从此而来。在我们这个倒霉的回转椭圆体上，天气不是太热就是太冷，冬天冻死人，夏天热死人。这是一个伤风、感冒、肺炎盛行的行星。而在木星上，因它的倾角非常小，居民可享受终年不变的温度，……他们一辈子不受季节的变换之苦。……我们回转椭圆体所缺少的是什么呢？只缺一点点东西！只消使自转轴和轨道平面的倾角小一些就行了。"

"那么，我们就齐心协力发明一种机器，把地轴撑起来就好了！"梅斯顿这个大胆的建议，掀起了全场与会者经久不息的掌声。是啊，如果能找到阿基米德所说的支点，那么，美国人就一定能造一根能撑起地轴的杠杆来。大胆的机械学家所缺少的不是别的，正是这个支点。

舌　战

会场上刚刚平静下来，就听到一个洪亮、严肃的声音提出了下面的问题：

"你能否言归正传，多谈谈你这次远征的实际部分？我们是在讨论月球而不是讨论地球！"

提问题者站在第一排，瘦高个子，面部刚毅有力，留着一撮美国式的山羊胡子。他双臂交叉，一双发亮的大胆的眼睛虎视眈眈地望着大会的英雄——米歇尔·阿当。

"那好吧，我们谈月球吧！"阿当回答说。

"你说月球上有人，那他们肯定不是靠呼吸生活的，因为月球表面上没有一点空气的分子，我这样通知你，对你不无好处。"

阿当竖起红发，想到此人非同一般，他也虎视眈眈地注视着这位陌生人，问道："月球上没有空气？请问这是谁说的？"

"科学家说的。"

陌生人提了几个科学家的名字，阿当概不知晓，陌生人指责阿当对他们没有研究却谈什么科学问题。阿当回答道：

"因为永远不知什么叫危险的人才是最勇敢的人！我什么也不知道，正因为有这个弱点，我才有力量。"

"你的弱点使你达到疯狂的程度了！"陌生人怒气冲冲地叫道。

"说得好！"法国人不失时机地反击，"假使我的疯狂能把我带到月球上去，那就再好没有了！"

双方互不相让，巴比康和他的伙伴们摸不清如此争论下去的后果如何。双方又在月球上有没有空气这个问题上争得不可开交。渐渐地，听众明显地偏向阿当一边，对陌生人表现出强烈的反感，激愤的群众呼喊着要把陌生人轰出场去。然而阿当却以最文雅的口气问陌生人："你还想说几句吗？"

"是的，我还想说一百句、一千句哩！"陌生人怒气冲天地回答，"最好是，不，只说一句！假如你坚持你的计划，除非你是个……"

"顾前不顾后的人吗？我已请求我的朋友巴比康先生造一颗锥形圆柱体的炮弹，使我不至于像松鼠一样在路上打滚，你怎么把我看成这样的人呢？"

"但是，可怜虫，开始时的坐力就会把你压成肉酱的！"

"亲爱的反对者，到现在你才说到唯一真正的困难了。不过我相信有创造天才的美国人一定能解决它的！"

"但是，炮弹穿过大气层时，它的速度产生的高热呢？食物和水呢？路上呼吸的空气呢？假定你安全地到达了月球，怎么回来呢？"

"我不回来了。"米歇尔·阿当回答。听到阿当坚决勇敢和无比豪迈的回答，会场上鸦雀无声，但这一片沉默比兴奋的叫声更动人。反对者利用这个机会提出最后的抗议："没错儿，你准会死在那儿，可是这只不过是一个疯子的死，甚至对科学也没有什么贡献！这桩傻事，你尽可以干下去，我们不应责备你！"

"请问，该责备谁呢？"

"就是那位发起这个可笑又不可能实现的实验的傻瓜！"

巴比康一直在竭力克制自己，但眼下受到如此侮辱，他赶紧站起来，向那个挑战似的望着他的人走去，这时候他突然发现自己离那个陌生人越来越远了。原来100条强壮的胳膊一下子把平台举了起来，巴比康和阿当一起享受着凯旋游行式的光荣。

陌生人一动未动，两眼盯着巴比康，恨不得把他吞下去。巴比康也望着陌生人，两人的目光像两把寒光凛凛的宝剑交叉在一起。当阿当安全地回到旅馆休息时，巴比康抽身把陌生人叫到码头，两个互不相识的仇人面对面地望着。最终还是巴比康先开口：

"你是谁？"

"尼却尔。"

在证实身份后，两人约定决斗。时间：次日早5点钟；地点：离坦帕3英里路的一个叫斯克斯诺的小树林。

化敌为友

梅斯顿匆忙敲开睡梦中的米歇尔·阿当的房门，把巴比康决斗的消息告诉了他。不到两分钟，这对朋友就向坦帕郊外奔去。

梅斯顿把巴比康和尼却尔不和的原因告诉了阿当，说他们仇恨已久，但两人从未谋面，昨天大会上的一幕，是他们二人的首次正面接触。没有比这种决斗更可怕的了。决斗时，两个仇人在灌木丛中互相搜索，躲在树丛后像两只野兽一样互相射击。这时其中的任何一人，只要犯一个错误，踌躇一下，或者走错一步路，就会丧命。

梅斯顿和阿当快速行进，但还是未能及时赶到。这里是一个密不透风的丛林，树木高大，灌木丛生，使人只能看到几步远的地方，阿当和梅斯顿一边搜寻，一边喊他们的名字。走着走着，斯梅顿突然停住脚步，原来他发现一个人正在把一只小鸟儿从蜘蛛网上轻轻拿下来放回天空里，枪放在一边。此人正是尼却尔。

"米歇尔·阿当先生，你到这里干什么？"尼却尔大声问。

"来和你握握手，来阻止你杀死巴比康或者巴比康杀死你。""巴比康！"尼却尔叫道，"我找了两个小时也没找到他，他躲到哪去了？我跟他不共戴天……"

"算了！算了！"米歇尔·阿当说，"像你们这样正直的人竟然互相憎恨。不，你们应当相互尊敬。你们别决斗了。"

"不，先生，非决斗不可！"

"先生，假如你一定要杀人，那就杀我吧，我是巴比康的朋友，我愿替他去死。"梅斯顿诚恳地说。

"这是开的什么玩笑！……"尼却尔一只手握紧步枪问道。

米歇尔·阿当说："不管是他还是巴比康都不能倒在你的枪口下，因为我有一个你们都会接受的诱人的建议。"

"什么建议？"

"只有巴比康在场时我才能说出来。"

"那就找他去吧。"尼却尔大声说。

3人立刻上路。尼却尔卸下子弹，把步枪挂在肩上，一声不响地跟着走了。

半小时过去了，3人发现巴比康倚在一棵大树上，手拿铅笔正在一个小簿子上写公式画几何图形呢。他那支枪没装子弹，躺在地上。这位正在聚精会神地工作的科学家忘记了决斗和报仇。他什么也没看见，什么也没听见。

当米歇尔·阿当的手放在他手上时，他才抬头以惊奇的目光打量着他并高声说："原来是你，我的好朋友，我找到了！"

"你找到什么啦？"

"我的方法，就是消除发射时的炮弹坐力的方法！"

巴比康回转头，在见到梅斯顿时，他高兴不已，但见到了尼却尔时却霍地站了起来："对不起，先生，刚才我忙忘了……我现在准备好了……"

机灵的米歇尔·阿当不容两位仇人开口，马上插话说："哎呀，幸亏两位没有早一点见面，幸亏老天从中作梗。一个埋头机械学问题，一个跟蜘蛛开玩笑的时候，都能忘记自己的仇恨。现在请问：老天把你们这样善良的人生下来，难道为的是叫你们用步枪打碎对方的脑袋？我认为，你们两人之间只有一点误会，没有别的。既然你们准备拿你们的生命去冒险，那我请你们接受我的建议——你们两人，一个认为炮弹一定能飞上月球，一个说非落下来不可——我不想使你们的意见统一起来，我只想请两位跟我一起动身上天，看看咱们会不会停在半路上。"

"嘿！"梅斯顿惊疑地哼了一声。

两人听此建议后，你看我，我看你，都希望对方先表态。

"怎么样？"米歇尔·阿当以最动人的声音说，"这样用不着害怕炮弹的坐力了！"

"接受建议！"巴比康和尼却尔几乎是同时说出。

"好啊！真好！"米歇尔·阿当同时向他们两位各伸出一只手，"我请你们用早饭。还有你，梅斯顿。"

万事俱备

有名的巨炮造好后，公众的好奇心就投到炮弹——这个要把3个大胆的冒险家送入太空的划时代的运载工具上来了。

布里杜威尔公司按照新的图样很快造出炮弹，并于11月10日把它送到目的地。

"炮弹车厢"，这是一件漂亮的金属制品，一件给美国的工业技术带来莫大光荣的冶金产品。

　　阿当的艺术细胞不少，他建议要把炮弹内部装饰得富丽堂皇，说这样才合乎地球大使的身份。而巴比康则首先想的是实用，他发明的那套减轻炮弹坐力的装置已经非常巧妙地安装好了，为此，他心里非常喜悦。

　　其他工作，一项项得到解决，例如观察地球的舷窗及舷窗上的凸透镜，固定在炮弹上的用以装粮食和水的容器，还有制造氧气的装置，等等，一切就绪。

　　剑桥天文台造的一架巨大的光学仪器的基址选在合众国最高的落基山脉的峰顶。不到一年的工夫，这架48000倍反射望远镜的长达280英尺、直径为16英尺的管子就伸到天空中去了。它被安在一个高大的铁架上，一套精巧的机器设备可以轻便地操纵，使它能对准天空的任何一点。

　　11月22日，离发射的日子还有10天。现在只剩下最后一项工作需要完成了，这是一项细致、危险、需要小心谨慎的工作。尼却尔曾经打赌，他的想法并非没有道理，因为朝大炮里装的是40万磅火棉，在炮弹本身重量的压力下，这堆爆炸性极强的物质很可能自行燃烧。为此，巴比康采取了一系列预防措施：选拔技术高超的优秀工人，分批把火药一点一点运到乱石岗的围栅里，避开日光晒，夜间作业……

　　11月28日，800只每桶装500磅火棉的大桶都被放进大炮底部去了。这项工作已经胜利完成。熬过多少提心吊胆、紧张万分的时刻的巴比康仍然头脑清醒，他禁止人们走进围栅，梅斯顿也帮助他驱赶闯进围栅的人。

　　装火药的工作顺利完成了，下一步是装炮弹。在开始这项工作之前，必须把一路上所需的东西都放进"炮弹车厢"里。工具箱里放几只寒暑表、气压表、望远镜，还有月理图；3只步枪、3只猎枪和许多火药、铅弹；丁字镐和手锯；尼却尔的猎狗和一只纽芬兰狗；树苗；肉和蔬菜在保存营养成分的情况下，都被水压机压成最小的体积，足够一年用的；另外还储藏了50加伦烧酒和够两个月用的清水等。总之，必需的生存用品，应有尽有。

照明用的煤气也装到它的容器里去了。至于制造氧气的氯酸钾和吸收碳酸气的苛性钾，因为怕路上会意外地耽搁一些时间，巴比康所携带的数量足够两个月用的。一架异常精巧的自动机器非常理想地负担起供给新鲜空气和清除浑浊空气的工作。炮弹已经准备好了，只要把它放进炮膛里就行了，这件工作既困难又危险。起重机把炮弹悬在井架的上空，要是铁链子支持不住这个庞然大物的重量，突然折断了，炮弹扑通一声跌下去，火棉就会燃烧爆炸，后果不堪设想。幸亏什么事情也没有发生。几个钟头之后，"炮弹车厢"轻轻地溜进炮膛，安放在鸭绒垫子似的火药上了。它的压力除了使大炮膛内的火药变得更紧密以外，没有别的影响。

尼却尔不得不向巴比康认输。

"开炮！！！"

12月1日，这是个成败攸关的日子。因为假如炮弹不在当天晚上的10点46分40秒发射出去，就必须等18年以后，待月球再次同时穿过天顶和近地点时再发射。

人们盼望已久的日子终于来到了！乱石岗四周一眼望不到边的草原上已被挤得水泄不通了。人们或乘坐火车、汽车，或步行纷纷来到了这里，并且很快地达到了神话般的数字。据统计，在那个值得纪念的日子，踩过佛罗里达这片土地的人不下500万。其中大部分的人就在围栅四周安下了营帐，奠定了后来叫作阿当城的一个城市的基础。到处都是板房、木屋、窝棚、帐篷，在这些临时房屋底下栖身的人口，足以使欧洲最大的城市望洋兴叹。

到了晚上，无声的骚动像大祸来临一样，笼罩着忧郁不安的人们。盘踞在大家心中的是一种无法描写的不安。一种难言的心灵麻木，一种揪心的难说难述的情感。每个人都巴不得"赶快结束"。7点钟左右，死寂般的沉默突然消失了。几百万人大声地欢呼着从天边升起的月亮。这时候，那3位勇敢的冒险家出现了。人们喊得更响了。突然间，美国国歌从所有的激动的胸膛里飞了出来，几百万人的歌声直冲九霄。

10点的钟声敲过了，现在该到炮弹里去了。下井，旋紧出入口的金属板，挪开起重机，拆除炮口的架子，所有这些工作都需要一些时间。

巴比康在下井以前把他那只误差不超过十分之一秒的表和莫奇生工程师的对了一下。工程师负责用电流点火开炮的工作。这样，3位被关进炮弹里的冒险家就可以眼睛盯着从容移动的时针，能够知道确切的动身时间了。

分手这一幕非常动人，梅斯顿热泪纵横。

过了一会儿，3位冒险家已安顿在炮弹里，他们从里面旋好门板的螺丝钉。现在，炮口已经摆脱了一切障碍物，直指天空，就等发射了。

尼却尔、巴比康和米歇尔·阿当终于被关在金属"车厢"里了。这时人们的热情达到最高峰，场面无法用语言来描绘。

月亮在一尘不染的天空里慢慢地运行。它正在穿过双子星座，马上就要运行到预定的位置。

可怕的寂静统治着一切。所有惊慌的目光都盯着炮口。

莫奇生的眼睛追随着他的表的秒针。距开炮的时间只剩下40秒钟了，每秒钟长得如同一个世纪。到了第20秒钟，所有的人都打了一个寒战，人们突然想到那3位关在炮弹里的冒险家也在一分一秒地计算着可怕的时间！突然传来了一个孤独的叫声："35！——36！——37！——38！——39！——40！开炮！！！"

莫奇生用手指一揿电钮，立刻电流接通了，伴随着一声从来没人听过的、不可思议的、可怕的爆炸声——不论是雷声、火山爆发还是其他什么声音都不能和这个声音相比，一道火光像火山爆发似的喷上天空。大地仿佛突然站起来了，在这一刹那间，只有有限的几个人仿佛看见了炮弹在浓烟烈火之中胜利地劈开天空。

随着炮声而来的是真正的地震。佛罗里达仿佛五脏六腑都在颤栗。在高热下膨胀起来的火药的气体，以无可比拟的威力推开天空中的大气层，这阵比自然界的风暴还要快100倍的人造风暴，像龙卷风一样突然窜上高空。

在场的男人、女人和孩子，所有的人都像暴风雨里的麦穗一样倒在地上。接着是一阵难以形容的喧闹声，许多人受了伤，梅斯顿发现自己被扔出了40多码远，像一个圆球一样从他的同胞们头上滚过。有一会儿工夫，30万人什么也听不见，仿佛浑身麻木了。

房屋倒塌，大树连根拔起，火车脱轨，轮船相撞……爆炸的最后余波，穿过大西洋，消失在非洲海边。

等一阵骚动过去之后，人们清醒过来，接着是直上云霄的疯狂的叫声："万岁，阿当！万岁，巴比康！万岁，尼却尔！"几百人用望远镜观察天空，寻找炮弹，结果是白费力气，只好等候落基山那架巨大的光学仪器的消息。剑桥天文台台长此时正守在落基山的岗位上。

但是，一件出乎意料的事情发生了——晴朗的天空出现了阴云。第二天仍是乌云密布，人们的目光无法穿过浓厚的云幕，人们焦急万分。12月4日，从8点到子夜，正是炮弹会像一个黑点一样出现在皎洁的月面上的时候。可是天不作美，空中仍旧堆满乌云。5日，6日，7日，天空仍布满乌云。

这样一来事情就严重了。月亮从11日上午9点11分起，就进入下弦月时期。从此它那明亮部分越来越小，即使天气晴朗，观测的效果也不会太好。事实上，到了那个时期，月亮只露出越来越小的月牙儿，最后就进入了新月时期，也就是说，它和太阳同起同睡，阳光把它完全遮起来了。所以，必须等到1月3日12点40分，进入满月时期才能正式开始观测。

8日，9日，毫无进展。10日没有变化。但是到了11日，猛烈的东风扫除了盘踞在天空里的乌云。到了晚上，只剩下半面月轮在天空的星座中间庄严地出现了。

新星闪闪

当天夜里，大家都急躁不安地等待着那个惊心动魄的消息。消息终于传来：落基山那架巨型天文望远镜已经看到了炮弹！顷刻，人们情绪激动，热烈高呼。消息像沉雷一样在全美各州传开，并通过电波飞快地传遍了全球。

下面就是剑桥天文台台长的报告。对于大炮俱乐部这次伟大的实验，这份报告也做了科学的结论。

各位先生：

贝尔法斯特和梅斯顿两位先生已于11日下午8点47分，月球开始进入下弦月时期的时候，看到了乱石岗大炮发射的炮弹。

炮弹没有到达目的地。它是从离月球相当近的地方经过的，但进入了月球的引力圈。

到了那儿，它的直线运动变成了令人眩晕的飞速的圆周运动，它被系在一个椭圆形的轨道上，变成了一个真正的月球卫星。

现在还不能确定这颗新星的性质。还不知道它的运动速度和自转速度。它现在离月球的距离约为2833英里。

关于它以后的变化，现在可以做出两个假设：

月球的引力最后征服它，旅行家就到达了他们的目的地；它被固定在一个永远不变的轨道上，环绕月球运行，直到世界末日为止。

关于这一点，以后的观察必然会弄明白的。但是大炮俱乐部的实验，直到目前为止，除了给我们的太阳系增添一颗新星以外，没有其他成果。

贝尔法斯特

这个意料不到的结局引起多少问题啊！在未来的科学研究方面，还剩下多少深奥的秘密啊！多亏了这3个人的勇敢和献身精神，向月球发射炮弹的这个表面上看起来好像是无足轻重的事业，才获得了非凡的成功，它所引起的影响是无法估计的。炮弹里的这3位旅行家即使不能到达他们的目的地，至少也变成了月球世界的一部分。他们环绕着月球运行，人类的眼睛第一次窥探了月球的全貌。尼却尔、巴比康和米歇尔·阿当的名字，在天文学的历史上将永远是光辉夺目的，因为这3位大胆的探险家渴望扩大人类的知识领域，勇敢地把自己射入太空，用自己的生命去做了当代最不可思议的实验。

（孙天纬　缩写）

最先登上月球的人

〔英国〕威尔斯

结识卡沃尔先生

我在商业投机上遭到失败，弄得负债累累。为了还债，我来到清静的海边小城——利姆，开始舞文弄墨，靠写剧本出售来偿还债务。

一天黄昏，在我创作精力正旺的时候，一个奇特的小小身影出现在我的窗子外。

他是个体胖腿细的小个子，动作有些痉挛。他头戴板球帽，身穿大衣、灯笼裤和长袜。他的手和胳膊不时做些手势，脑袋抽筋似的晃动，嘴里嗡嗡作响，而且经常发出清嗓子的怪声。他一走到正对太阳的地方便停下来，掏出一只表看了一下，然后便显得十分匆忙地往回赶。

他打断了我的创作思路，使我无法进入剧情。更可气的是，他每天傍晚都是如此。在第14个傍晚，当他一出现时，我终于带着气愤，也带着惊异和好奇走了过去。

"先生，您是在锻炼身体吧？"我问他。

"是的，我到这来欣赏日落。"他说。

我说他打扰了我，他很有礼貌地向我道了歉，答应以后不再来，但从他的表情可以看出，他十分苦恼和无奈。

一连3天，我都没再见到他，可第4天，他找上门来了。他说他正在进行一项史无前例的科研试验，必须每天这个时间在这个地点进行。

我做出了让步。我想他的发明可能会很有价值，我也想对他的研究多做点了解，这也能在我艰苦的写作之余轻松一下。

从此，我们便相处得很投机，他也很信任我——柏德福，我也很尊崇他——卡沃尔。

卡沃尔的家在离我不远的一个树林里，房子倒挺宽敞，布置却马马虎虎。除了3个助手，他没有仆人。他生活很简朴。他热情地领我参观放在各处的仪器和机器，蛮有信心地向我谈他的试验。他讲的都深奥难懂，许多术语不但是我，就连许多科学家我想也连听都没听过。但我相信他从未怀疑过我的理解力。他兴奋地说，他的试验马上就要成功了。

卡沃尔研究的是制造一种各种辐射能都"透不过"的物质。到目前为止，人们可以用不同物质隔绝阳光、热能、射线、电波等，但没有一种物质能隔绝万有引力，而卡沃尔想发明的就是这样一种能隔绝万有引力的物质。他认为他能利用一种复杂的合金和一种新元素提炼出这种物质。

隔绝万有引力！可以想象，这种物质非同小可。只要在某一物体下面放上这样一片物质后，不管这物体有多重，只要用一根稻草便可把它挑起来，一时间，一幅灿烂的前景展现在我面前……我把这种物质命名为"卡沃尔素"，并设想一个庞大的"卡沃尔素公司"统治全世界！

我撤下剧本，成了卡沃尔的助手。

我兴奋地憧憬着，卡沃尔却说："很有可能，我们最终不能把它制造出来！也许，它只在理论中存在，而实际上是荒唐的；也许，我们在制造中会遇到挫折……"

"遇到挫折我们就想办法对付！"我说。

事实上，卡沃尔的忧虑是没根据的。1899年10月4日，这种令人难以置信的物质造出来了！

卡沃尔把好几种金属和其他东西放在熔炉中加热有一星期了，当温度再冷却到华氏60度时，最后的化合反应便会发生。胜利在望，卡沃尔已经在考虑一种飞行了。

他把这种卡沃尔素做成又薄又宽的一片，呈卷帘状。

"太空——哪儿去都行！月球。它必须是个球体！"他解释说，"设想一个能装人的球体，用钢制造，里面镶一个厚玻璃胆，外面涂一层卡沃尔素。"

"那你怎么进去呢？"我问。

"那容易，只消开个入孔就行了。当然这个入孔得有个阀门，以便必要时可能把东西抛出去而不透空气。"

"你是说，可以趁卡沃尔素还热的时候钻进去，等它一冷却，球体便飞起来。"我分析说。

"钢球由几部分合并而成，每一部分仿照卷帘式样，可以用开关控制收放。当卷帘或者叫窗户关上时，球体将直线上升；当打开一扇窗子，而那个方向碰巧又有什么物体，我们就会被吸引过去。"

"这有什么意义呢？"

"想想看，你能上月球！"

说干就干，球体在成长。1月份，马队运来一只大货箱，我们准备把一个厚厚的空心玻璃球装进钢壳。钢壳是一个规则的多面体，每个小平面上都是一个卷帘。卡沃尔素在3月份制成半成品，涂到了卷帘上。

我和卡沃尔钻进球体，球体里装足了食物、行李，预备了厚衣服和毛毯，而我们只穿着极薄的衣服，因为球内的温度是华氏80度。

卡沃尔把入孔上的玻璃盖子拧紧，接着按了一下按钮，卷帘关上了，球体内一片漆黑。时间焦躁地流逝。突然球体轻轻一震，外面传来微弱的呼啸声。我感到万分紧张，觉得被无数吨重量往下压……我的神经受不了了，我想出去。

"你出不去，"卡沃尔说，"现在已经迟了，柏德福，刚才的震动就是起飞。我们现在正像子弹一样飞入太空呢。"

我目瞪口呆，无话可说。渐渐地，球体内的东西都飘起来，这种无拘无束的飘荡，是人所能感受到的最奇特的感觉，就我的经验来说，地球上与这最相近的事就是躺在软软的厚羽绒床上，愉快而安逸。

这不像一次旅行的开始，倒像一个梦境的开始。

到月球去

卡沃尔打开四扇小窗，外面漆黑一片，只有星星清晰地映照进来。我们迅速飞离地球，被月球吸引过去。

"要知道，"卡沃尔说，"月球的一个白天，等于地球上的 14 个白天，那是万里无云、烈日炎炎的 14 个白昼；那儿的夜晚等于地球上的 14 个夜晚，寒冷而漫长。"

"无论怎样，那儿总有我的矿藏。"我说。

就这样，有时睡觉，有时谈话，奇怪的是，我们几乎没有食欲，有时也吃点东西，但大部分时间都处于一种似醒似睡的状态。我们经历了一段既没黑夜也没有白天的时间，安安静静，轻松而急速地朝着月球降落。

卡沃尔有时打开窗子，有时关上窗子，我们不知飘浮了多长时间，后来，我们都用毛毯把身体裹了起来，以防降落时发生碰撞。

这时，卡沃尔打开了一扇对着月球的窗户，我们瞧见我们正朝着一个巨大的火山口降落，它的周围有许多较小的火山口组成一个十字形。然后卡沃尔又把窗户打开对着灼热眩目的太阳。这样太阳对我们乘坐的球体就产生了一种引力，球体的速度就迅速慢下来。接着，卡沃尔把所有的窗子都打开了。我闭上眼睛，裹紧毛毯，突然剧烈地震动，使我胆战心惊。我们不停地滚动着，外面有一种白色的东西在飞溅，仿佛我们正从一个雪坡上滚下去……

我们已经掉到大火山口里，我们的球体到达了月球！

我们坐着缓过气来，抚摩着四肢上的伤痕，谁也没料到会吃这样的苦头。我忍着痛站了起来："还是来看看月球上的风景吧！"

可是，外面黑得要命，冷得要命。

球体内的电热器不停地发着热量，我们等待着月球上的黎明。

终于，外面明亮起来。没有霞光，也没有悄悄上来的鱼肚白宣告白昼的开始。只有日华告诉我们太阳就要迫近了。

无数圆圆的灰色顶峰，幽灵般的圆丘，像巨浪般翻腾起伏的白雪似的物质，越过一层又一层的山顶，一直延伸到遥远的昏暗中。紧接着，月球上的白天突然迅速而又令人惊奇地到来了。阳光从悬崖上爬下来，向我们大踏步走来。远处的悬崖仿佛在移动，在颤抖；灰色的水蒸气从火山口的底部往上直冒，渐渐地，整个"雪野"上都水汽蒙蒙的。

"空气，"卡沃尔说，"那一定是空气……"

白天迅速而坚定地向我们逼近，雾气也渐渐散去。

太阳显露出来。阳光越来越刺眼，让人难以承受。这时球体也开始倾斜，外面的空气正在奔腾——沸腾——就像雪里面插进了一根白灼的铁棒。本来是固体的空气，变成一种黏糊，一种泥浆，一种半溶化的雪，在嘶嘶作响，沸腾着变成气体。这时球体又更加猛烈地转动了一下，然后一次巨大的山崩，球体被抛向另一个地方。

这里，月球的表面已显露出来，到处露出光秃秃的土地，一种奇怪的土壤，在阳光下，到处伸展着广阔的浅褐色的空地，上面覆盖着裸露而凌乱的泥土。那些雪堆的边缘上，有一些暂时形成的小池塘和水洼。斜坡上到处散布着枝条一般的东西，这些东西呈铁锈色。我发现几乎整个地面上都有一种纤维组织，就像松树荫下褐色松针铺成的地毯一样。

在这些针状物中间有许多小小的、圆滚滚的东西，而且我好像看见其中一个在动。接着，另一个也动了，滚了一下裂开了，每一个小卵形物的裂缝里都露出一条黄绿色的细线，伸展出去接受旭日炽热的刺激。第三个又动起来，又裂开了！

"这是一粒种子，"卡沃尔低声说道，"生命！"

每时每刻都有更多这样的种子的外壳在裂开。同时，那些先行者已经进入了生长的第二阶段，坚定、迅速、沉着地把根插入土壤，并向空中长出一种奇妙的幼芽。顷刻之间，整个斜坡都长满了这种细小的植物。

没有多久，幼芽开花了，生叶了；过了几分钟，这些植物的幼芽已经长成一根茎，甚至长出第二轮叶子。它们拼命地生长，争分夺秒地开花、结果、再长出种子，然后死亡。

踏上月球

既然植物能生长，就一定有空气。卡沃尔把一大张纸点燃，从球体上入孔的阀门里扔出去，整整一张纸，除了紧贴地面的地方以外，都烧焦了。已经毫无疑问，月球上有空气。只要它不过于稀薄，就能维持外来人的生命。

卡沃尔打开入孔，裹着毯子就跳了出去。他站在人类从未到过的月球土地上了！

他站了一会儿，东瞧瞧，西望望，然后一缩身跳了起来。他一跳就跳得老远，似乎离我有二三十英尺。他高高地站在岩石堆上向我打手势。也许他在叫喊——不过我听不见。可他究竟是怎样跳的？我觉得就像看魔术一样。

我迷迷惑惑地从入孔钻出去，迈了一步就跳起来了。我发现自己在空中飞行，眼看着卡沃尔所站的那块岩石正向我逼近，我惊恐万状地抓住岩石，把它抱住。

我们离球体有 30 英尺远。

视线所及，茂密的灌木丛在我们周围开始生长，到处点缀着形形色色正在膨胀的植物，红色和紫色的苔藓长得十分迅速，仿佛要爬遍岩石似的。

我们极力寻找着人烟，然而我们失望了。这里没有昆虫，没有鸟雀，动物生命，一丝一毫也没有，只有这些生长极其迅速的植物。

卡沃尔又跳了一下，我也随着跳过去。我用力过猛，碰到一个巨大的菌状物上，它一下子就在我身上爆开了，向四面八方散播出橘黄色的种子，我周身沾满了一层橘黄色的粉末。我在飞溅着粉末的地上打滚，笑得透不过气来。

"我们应该小心些，这个月球是没有约束的，她会让我们粉身碎骨。"隐约地听卡沃尔对我说。

这时我们已经看不见球体了。

我们选择了一种更加容易的跳法，又来回跳了几次。这期间，植物在我们周围继续生长，尖刺植物、绿色仙人掌、菌子、多肉质的苔藓越长越高，越长越密，纠缠在一起。但是我们全神贯注地在跳跃，没有注意它们在不断地生长。我们被冒险心理迷住了。我们灵活敏捷地跳向一个山顶，又跳向一块雪坡，这种感觉让人愉快而兴奋。

我突然想起一件事情："我们的球体在哪儿呢？"

"唔？"卡沃尔显出有点惊慌的表情。

"卡沃尔！"我叫了起来，把一只手放在他的胳膊上，"球体在哪儿？"

球体是我们的家，我们仅有的储藏室，也是我们从这个生长着朝生暮死的植物的奇异的荒野上逃走的唯一希望。

阳光越来越强烈，我们被晒得有些发昏，也有些饿了。

正当慌乱之际，我们第一次听到月球上有一种声音：

当……当……当……

这种声音来自我们脚下，是地里的一种声音，圆润、缓慢、从容不迫，仿佛一只巨大的、埋在地里的时钟在敲响。

声音又响了一次。然后一片沉寂。

接着，传来了晴天霹雳般清晰而突然的铿锵声和格格声，难耐的沉寂被打破了，仿佛有两扇金属大门突然打开了似的。

我们惊呆了，太可怕了，我们有必要躲一躲。我们东瞧瞧，西看看，非常小心地在丛林低处爬行，一心一意地寻找球体。地下常常传来震荡、敲击，一种奇特的、难以解释的机械声，而紧接着——是巨兽的咆哮声！

月 球 人

在我们紧趴在地上想要判断这种声音的远近和方向时，我们后面响起了可怕的吼叫声，我们甚至感到那东西呼出的气又热又湿。我们转过身来，透过一丛摇摇晃晃的树干，模糊地看到了怪物发亮的两侧，而在天空映衬下隐隐约约地呈现了它背部长长的轮廓。怪兽那巨大松弛的身体躺在地上，它的皮肤是白色的，布满皱纹，背脊上有黑斑。它的头小得几乎毫无脑子，脖子肥大臃肿，那张什么都吃的嘴巴淌着口水，鼻孔细小，眼睛紧闭。当它又张开嘴吼叫时，我们看见了一个红色的大洞。

这头怪兽像一条船那样倾斜了一下，沿着地面往前拖，把全身的硬皮全弄皱了。它打了个滚，翻滚着从我们旁边过去，很快就消失在远处浓密交错的树丛里了。

接着另一头在更远的地方出现，接着又是一头。

最后，一个月球人一下子出现在视线之内，好像他正赶着这一群庞大的动物到牧场上去。同怪兽比起来，这个月球人小得像一只蚂蚁，尽管他也有五英尺高。

月球人穿着一种把身体完全裹住的皮革衣服，很像一只昆虫，一对鞭子一样的触须和一条铿锵作响的武器从他那发亮的、圆形的躯体里伸出来。他的头被一顶巨大多刺的头盔和一副深色的护目镜遮住了。他的手臂没有从躯体里伸出来，他长着两条短腿，腿上虽然用东西裹着，仍显得特别纤细。他的大腿很短，小腿很长，一双脚也挺小。

他迈着相当大的步伐向前走动，动作显得有些匆忙，还有点怒冲冲的样子。

这个月球人渐渐地走出我们的视线，怪兽的号叫声和脚步声逐渐减弱，最后停止了，好像已经到达了牧场。

我们惊魂稍定，就重新爬着去寻找球体。

第二次看到怪兽时，它们正在啃食乱石堆边厚厚的一层绿色植物。

我们继续爬行，这时地下又传来敲打声和机器声，似乎一个巨大的工厂正在生产。眼前一片直径有200码的空地，上面铺了一层黄色的尘土。我们沿着空地边缘慢慢地行进。我们本能地尽量往下蹲着，准备随时冲进旁边的密林里。每一次敲打和震动都似乎震荡着我们的全身。声音越来越大。

我们正要藏起来，就在这一瞬间，"轰"的一声，就像炮响一样，我突然滑向一个无底洞！原来这整个一块圆形的平坦空地只是一个巨大的金属盖子，随着它的向里开启，我便头下脚上地斜着向洞里滑去。

卡沃尔比较镇静，他抓住盖子边缘，并一手抓住我，才使我没有坠入无底深渊。我摇摇晃晃地站起来，跟着他跑过了那块轰鸣震动的金属板。金属盖继续开启，越开越大。

我们十分小心地向洞里窥视。只看到光滑陡直的洞壁一直通到深不可测的黑暗里。白天可以看到一些微弱模糊的光亮在来回移动，还可以看到一些细小模糊、捉摸不定的影子在移动。我们想探究一下那是不是人，但转念一想，在没有找到球体之前什么也不能做。我们太饿了。

饥饿之中，我吃了带有香味的一种鲜红多肉、像是珊瑚的植物。我中毒了。

还好，不太严重，只是记忆变得混乱了。

不管怎样，我们觉得，人类在另一个星球上不该可耻地躲藏起来。我们不顾那些刺刀状灌木会刺痛我们，大步朝阳光走去。

我们立刻就碰到了月球人。他们一共6个，排成单行。他们看到我们后，发出了奇怪的尖厉的号叫声。

我一下子清醒了。

卡沃尔突然愤怒地叫喊一声，迈了三大步，向月球人跳去。他跳得不好，在空中一连翻了几个跟斗，旋转着飞过他们，然后哗啦一声巨响，一头钻进一株类似仙人掌的植物的"肚子"里了。月球人被吓得四散奔逃。我当时记忆仍模模糊糊，记得我好像跨了一步去追卡沃尔，一失脚就栽倒在岩石堆里了。经过一场激烈的搏斗之后，就被金属钳子扣住了。

我和卡沃尔都被绑得紧紧的，被投到一片喧嚣的黑暗中，好长时间无法知道我们是在什么地方。

过了一会儿，有一种声音，像锁孔在轻轻地转动。我们面前一片无边的黑暗闪露出一丝光亮。突然间，光线射进的缝口扩大了，像一道打开的门那么宽。外面是一片天蓝色的远景，在门口亮光的衬托下站着一个奇形怪状的影子。后来才看清楚那是一个长着细小的罗圈腿的月球人瘦小的身躯，他的脑袋深深地缩在两肩之间。

他走起路来像一只鸟，没有一点声音。他站在光亮里，面对着我们俩。

这家伙根本就没有人的相貌！他没有鼻子，没有耳朵，一双迟钝的眼睛凸出在两旁，一张嘴向下弯曲，绑腿似的带子把四肢裹起来，这些带子就构成了这个生物所穿的衣服。

这个月球人转了一圈又出去了，我们又被锁进神秘的黑暗里。

卡沃尔说话了："我们现在可能处在地下2000英尺深的地方，或许还要深一些。"

现在我们的声音都高得多了，在月球表面那种不适的感觉也没了，空气浓度也大了。

我们从没想到月球内部有个世界。

一想到球体，我就焦急万分，现在我变得牢骚满腹。

黑暗又让位给了蓝色的光亮。门打开了，几个不声不响的月球人走进来，我们一动不动地注视着他们的面孔。突然间我发现前面的两个月球人端着碗，碗里有奶酥一样的食物，气味有点像蘑菇。

其中两个月球人熟练地把我手腕上的镣铐松开一环，我能抓到碗了。我们狼吞虎咽地吃了起来。他们站在周围望着我们，不时发出一种微弱的、难以琢磨的喊喊喳喳的声音。

当我们终于吃完时，月球人又把我们的手紧紧地捆在一起，把脚上的链条重绑一次，然后又把我们腰部的链子放开。

"他们好像要释放我们，"卡沃尔说，"记住我们是在月球上啊！不要轻举妄动！"

那些月球人跟我们打手势，我们不懂；他们也不懂我们的体态语言。费了好大劲儿，我们才弄清，他们是让我们站起来跟他们走。

我们看到4个月球人站在门口，他们比其他月球人高大得多，戴着尖顶的圆盔，穿着筒形的外套，而且每一个都拿着一根带有长钉和护手的刺棒。

我们又被带到一个巨大的洞窟。一大批机器在轰隆隆地转动，我们这才知道，在月球表面听到的噪音就是由这机器发出的，照亮整个地下世界的那种奇特的蓝光也是它发出的。机器的一个圆筒里不断涌出一种比磷光要亮很多倍的冷清清、蓝幽幽的光，这种光亮的东西流入横穿过洞穴的沟渠中，由此，地下世界不再黑暗。

我们有些敬佩这些月球人了。我们企图让月球人明白我们的这种意思，但无济于事。这时一个月球人抱住卡沃尔的腰部，温和地拉他往前走。卡沃尔抗拒了，他猛烈地摇头："不，让我停一会儿。"他突然大叫一声，跳出6英尺远。原来一个月球人用刺棒刺了他！

我急速地向那个拿刺棒的月球人做了一个威吓的动作，他退缩了。显然，我的动作和卡沃尔的叫喊跳跃，吓住了所有的月球人。这些非人类的动物站成一个零散的半圆形围着我们。

这种对峙还是以我们让步而结束。

继续往前走，不时有发着蓝光的小溪潺潺流过。穿过一段很长的隧道，然后来到一个深渊，它上面只有一块厚板似的东西，像是一座桥。两个月球人抓住我，推我上桥。

我跳转身来向后跑，破口大骂，因为一个月球人在背后拿刺棒刺我。

我喊道："我已警告你别那样子，你要再碰我一下……"

这个月球人真的就又刺了我一下作为回答。

"柏德福，我有个法子……"卡沃尔看样子要我跟月球人和解。

然而这第二下挨刺，使我怒火万丈，我身体内部被禁锢的力量似乎都释放出来，我猛一用力，手铐的链环马上要折断了。我因恐惧和愤怒而发狂，我不顾一切地对着那个拿刺棒的家伙就是一拳。

奇怪的事情出现了。

我这蛮有威力的手好像把他打穿了。他破碎得好像一种充满液体的软甜食！他整个完蛋了！破裂了，液体四溅。他翻滚了有12码远，无力地坠落下来。我难以相信会有这样脆弱的生物。刹那间我觉得这整个事情只是一场梦。

其后情况却又变得真正危急了。

双方都怔住了。下一步该怎么办？我想月球人也一定在同我们想一样的问题。

我觉得必须把那些月球人打跑。我面对的是3个拿刺棒的月球人。其中一个把刺棒向我掷来。刺棒从我头上嗖地飞过。

我使出全身力气跳起来直朝那个月球人扑去。他转身就跑，但我一拳就把他砸倒在地。

月球人四散逃窜。

我使劲扭弯一个链环，把缠在我脚上的链条解开。一根刺棒像标枪投掷过来，从我旁边呼啸而过。我去给卡沃尔松绑。又有东西狠狠地打来，把青灰色溪水溅得哪儿都是。

"你把事情全弄坏了！"卡沃尔喘着气说。

"胡扯，"我喊道，"不这么干就得死！"

我们大步往前走，来到隧道的分岔处。卡沃尔迟疑一下，选择了一个看来便于藏身的黑洞口走去，但他马上又回来了："太黑。"

这时，一阵喧嚣声传来，这预示着一场追捕即将来临。我们不得已逃入黑洞。我们顺着黑洞跑，渐渐地把那吵嚷声甩在后面。

我们看见前面有一种光亮。

卡沃尔失踪

光线越来越强，隧道扩展成一个大洞，而这种新的光亮在洞的尽头。

光线是从洞口上方射进来的。卡沃尔把我举到洞口，我爬出去之后，便把卡沃尔拉了出来。在月球上，这种举动是极其轻而易举的。

洞外的光线根本不是阳光，而是那些菌类植物发出的带粉红色的银光。我们根本没有到达月球表面。一气之下我失望得简直要拿脑袋去碰石头。我自语道："阳光，黎明，日落，云层和刮风的天空……我们还能再看见这些吗？"

我开始破坏那些菌类。卡沃尔沉思着，望着缠在他右手上扭弯的镣铐。"金子！"他突然叫起来。原来这些镣铐都是用金子做的。

我开始浮想联翩，金子呀……

这时卡沃尔说："我们只有两种选择。要么杀出一条路回月球表面去，要么让黑暗和寒冷把我们吞没……月球人的中心世界很可能在底下很深的地方。我们所在的这层是外层，是一个游牧地区。我们看到的月球人，很可能是牧畜和看守机器的工人。如果我们再待下去，我们出现在月球上的消息很可能传到更有理性、人口稠密的文明地区去……"

卡沃尔一刻不停地分析着月球人，我对他这种求知的怪癖实在不感兴趣，我打断了他的话：

"而另一方面，这儿的金子就像我们老家扔的废铁一样，到处都是。只要我们能弄点回去，只要我们能在月球人之前找到球体，返回地球，那么我们可以带着枪炮，乘一个较大的球体再回来。"

卡沃尔对我的想法感到惊诧和不可理解。

这时，有一阵风吹来。我兴奋起来：

"那就意味着这儿不是死口。这股风是从上面吹来的，如果我们继续向上爬，我们就能走出……"

"嘘……"卡沃尔突然说，"那是什么？"

起初是分辨不清的咕哝声，然后是叮当的锣声。月球人又追来了。

他们喊喊喳喳的声音和攀登洞壁时发出的声音越来越近。

他们发现了我们。一支矛猛刺过来。我一把抓住它，扭在一边；又一支矛向我刺来，但没刺中。月球人抵抗一会儿就败下阵去。

然而，我们仍然处于绝境。

许多月球人又朝我们发起进攻。

"柏德福！"卡沃尔喊道，"他们有……像是一支枪！"

一个瘦得出奇的月球人扛着一件复杂的器械。

我抡着缴获的撬棍冲过去，呐喊着扰乱月球人的瞄准。月球人用一种古老的方式瞄准。"嗖"的一声，类似箭的东西擦着我飞过来。那器械不是枪，倒像弩弓。我一棍砸过去。月球人萎缩成一团，脑袋像鸡蛋一样粉碎了。

我和卡沃尔飞奔而去。

不久，我们发现我们面前的洞穴通往一片朦胧的空间。我们来到一个倾斜的坑道上。我们顺着坑壁巨大的斜坡朝上看，在头上很远的地方，我们看见一个点缀着暗淡星星的圆口，圆口的边缘有一半笼罩着使人眼花的白色阳光。我们重见光明。

尽管坡度很大，但在月球上攀登是很容易的。我们终于走出隧道，享受着炽烈的阳光。

当然，我们第一个欲望就是想休息一会儿，然后必须去寻找球体。

我们极力想象了一下，我们在月球上大约已经度过了10天，也就是说再有4天，月球上的一个白昼就将过去，漫长的黑暗和寒冷就将到来。

我们必须马上行动，寻找对我们生死攸关的球体。

卡沃尔为没能继续深入地下探索而悔恨不已，他陷入一种极度的痛苦之中。他双手背在后面站着，眺望火山口的那一边。他叹了口气："我找到了到这里来的方法，但是找到一种方法并不意味着能控制得了这种方法。如果我把秘密带回地球，那会发生什么事呢？政府和强国会来为此而争夺，还会和月球人打仗……人类对月球好像没有用处。但月球对人类有什么意义呢？即使对他们自己的行星——地球，人类除了把它变成战场，变成千无数蠢事的舞台外，他们又把它怎么样了呢？人类的世界这样小，生命这样短促，可是在短短一生中仍然有远远超过他能干得了的事情要做。不，科学长期以来辛苦地制造武器供蠢人使用。这是她应该慎重从事的时候了，让人类自己重新探索吧。"

他接着说："为什么要焦急呢？我们的麻烦才刚刚开始。月球人饶不了我们……不管怎样，我们必须分开。必须在这些高高的植物上扎上一块手绢，把它系牢，以此为标志，我们分头去找球体，然后在此会合。"

"要是我们当中谁找到球体呢？"

"他必须回到白手绢这里，向另一个人发信号。"

"如果都找不到呢？"

卡沃尔仰望着太阳："我们继续搜寻，直到黑夜和寒冷袭击我们的时候。"

"如果月球人找到了球体，把它藏起来呢？"

他耸耸肩。

"或者他们马上来追捕我们呢？"

他没有回答。他把目光移到荒漠上。他好一阵子一动没动，然后望了望我，迟疑了一下，说了声："再见。"

我感到一种奇特的感情上的痛楚。我正要跟他握手，他已双脚点地，跳了起来，他像一片枯叶在空中飘荡，轻轻落下，又跳起来。我望了他好一阵子，然后打起精神，向相反的方向跳去。卡沃尔无影无踪了，白手绢在阳光下白得耀眼。

天气仍然很热，空气稀薄得使人窒息。我专心地寻找着。

太阳显得更加西垂，空气也变得凉爽多了。我跳到一个岩石上，看不到月球怪兽或月球人，也看不到卡沃尔，只看到手绢在远远的荆棘枝上迎风招展。

我又跳到另一个岩石上，环视四周。我沿着一个半圆形向前搜索，又沿着一个更加渺茫的新月形回来。空气变得更加凉了，我感到疲劳和绝望，我想我应该找卡沃尔商量一下了，我们下一步该怎么办。

太空的漫漫长夜将吞噬我们，那黑暗的虚空就是绝对的死亡。我毛骨悚然。不行！我应该回月球内部去，即使被杀死，也不能在外面冻死。

我再也不去想那个球体了，我要回到月球内部去。我向着手绢的方向走去，突然间……

我看见了球体！

我振奋起来，高举双臂，发出一声幽灵般的叫喊，大步向球体跳去。

我气喘吁吁地靠在球体上，我太激动了，无法告诉你那是多么幸福。我立刻爬进球体，坐在那些仪器中间。我透过玻璃观望月球世界，好一会儿，我才想起应该爬出去给卡沃尔传递信息了。

我努力爬出球体，这时太阳已经很低了，很冷。我想卡沃尔应该来找我了，这是我们事先说好了的。可是我怎样寻找他、呼喊他，也始终得不到他的音影。我继续向卡沃尔走去的方向跳跃。万籁俱寂，只有灌木的摇摆和影子的移动，突然间我直打哆嗦。

寂静！死一样的寂静。

突然间我看到一顶小小的板球帽躺在一堆断树枝中间。卡沃尔的帽子！没错。我发现，那些树枝曾经受过猛烈的挤压和践踏，包括旁边的杂草和荆棘。我捡起帽子，环视四周。在10多码以外的地方，有一张纸片。我急忙过去把这张揉得很皱的纸片捡起来，那上面有一些红色的污点，上面有模糊的铅笔字：

"我的膝部受了伤，我不能跑；也不能爬。"

接下去的字就不太好认了："他们已经追捕我好一阵子，他们会抓到我……"

下面的字变得七歪八倒，时而清楚，时而模糊："我能够听见他们的声音……一种完全不同的月球人，好像在指挥……他们的头盖骨较大，大得多；身材细长，腿很短。他的声音文雅，举止十分谨慎，富有组织性……我已经受了伤，孤立无援，他们的出现给我带来了希望——他们没有对我射击，或者打算……伤害。我打算……"

然后，一道铅笔印儿划过纸面，纸片的背面和边上都有——鲜血！

这确是卡沃尔留下的无疑，我不知所措地站在那儿发愣。有一种又软、又轻、又冷的东西碰到我手上，一会儿就消失了，它是一片小小的雪花。

我惊恐地抬头仰望，天空已经暗下来，几乎变黑了，密布着许多寒星。太阳被渐渐变浓的白雾夺去了一半热和光，快要沉没了。一股冷风袭来，片刻之间，我突然置身于雪花飞舞的大雪中，周围的世界显得阴沉而朦胧。

从地下传来一种"钟声"，微弱而模糊。不远处的洞口像一只眼睛那样闭上了，消失了。现在在月球表面，也许——肯定是我孑然一身了。

我扔掉纸团，向球体方向跳去。不止一次地滑倒，跌进灌木丛，一不小心跌进沟里，爬起来已见了鲜血，我整个身心都痛苦不堪。

球体在望啦。我匍匐而行，冰霜凝结在嘴唇上，冰凌悬挂在胡须上，冻结的空气使我浑身变白了。我挣扎着，到达球体的入孔边缘时已经半死不活了。我吃力地钻进去，里面还有一点儿暖气。当我竭力用冰冷的双手推上活门，把它旋紧时，我哭了。接着我用发抖的、几乎一碰就碎的手指按动了卷帘的按钮。很模糊很模糊的落日红光在暴风雪中跳跃、闪烁，黑黝黝的树丛在积雪之下渐渐地变得模糊、弯曲、破碎。雪花越飞越密，显得阴沉沉的。

我笨手笨脚地操纵着那些开关，突然什么东西在我的手下咔嗒一声，月球世界立刻就在我的眼里消失了。

回地球去

球体开始飘浮，我开始在球体内飘浮。没有光明和生命，只有无穷无尽的黑暗和空虚。我意识到，我必须搞到一盏灯或者打开一扇窗户，使我的眼睛能看见东西。我沿着一条绳子爬到入孔边缘，摸到了灯和卷轴窗帘的按钮。我首先打开小灯，又从气筒里放出一点氧气。然后打开加热器，然后进食，然后小心地调整卡沃尔素卷轴窗帘，看看我究竟能否推断出球体是怎样航行的。

我先打开一个窗子又把它关上了，又去打开和这扇窗成直角的几扇窗户，我看到了巨大的新月形月球和小小的新月形地球，我惊诧地发现我离月球已多么遥远。

　　我想起了卡沃尔。即使他仍然活着，我也没有力量去救他。唯一可行的就是现在我返回地球，然后重整旗鼓来营救他。我怎样才能返回地球呢？我反复思考，确定飞行的方向和速度。我关闭朝向月球的窗子，这样卡沃尔素制成的卷帘就隔绝了月球的引力；我把朝着地球的窗子打开好几扇，我开始感觉到地球对我的引力。我，柏德福，在经历过惊人的冒险之后正在返回属于自己的世界，我开始思索怎么降落到地球上。

　　我的飞行路线在进入大气层后差不多跟地球平行。球体内的气温立刻开始上升。我知道我应该立刻降落。我打开每扇窗户，往下降落，从白昼进入黄昏，从黄昏进入夜晚。地球越来越大，最后地球不再是个球形，而是平面。它不再是太空中的一颗行星，而是人类的世界。

　　我把面向地球的那扇窗户关上，只留下一英寸左右的细缝，以减慢降落的速度。下面是辽阔的海面，已能看见闪光的黑色海浪。球体内部变得很热。我关上窗户的最后一条细缝，皱着眉头坐在那儿，咬着指节，等待着降落时的撞击。

　　球体撞击水面，我急忙打开卡沃尔素卷帘。球体往下沉，但越来越慢，然后球体像个气泡似的上升了。最后，我已在海面漂浮晃荡，从而结束了我的太空旅行。

　　我感到无限的沉重、疲劳，于是我睡着了。

　　不知过了多久，突然的晃动把我惊醒了。我透过折射的玻璃瞧去，发现我已经在一片广阔的沙滩上搁浅了。

　　我终于爬出入口，到了沙滩上，退潮的海浪还在一起一落。刚回到地球上，使我非常不适应，我坐了好久，挣扎着想站起来，可是我感到异常饥饿，地球不像月球，在月球上可以长时间不吃东西。

　　后来，几个和善的人把我救了起来，他们不停地向我询问，惊奇地望着海边的球体，我无心回答他们，说了他们也不相信。我让他们把两根金撬棍从球体上扛下来，然后向远处一小片房舍走去。有一个小男孩骑着自行车跟着我们走了一会儿，就返回去朝球体跑去。那几个人看我望着小男孩，他们就说这小孩不会碰那怪物的。

我们到达一个旅馆，那几个人恭顺地为我服务。

突然，"噗——嗖"，像巨型火箭的声音！

什么地方的窗户给震碎了……

我们冲出屋子。原来平静的海面现在波涛汹涌，刚才球体停泊的地方像轮船驶过一样，巨浪翻滚。天空里，一小团云像消散的烟雾似的盘旋上升。我惊慌失措地站了好一会儿。最初，我吓昏了，没把这件事看成一次确定无疑的灾难，我就像受到意外的猛击，被打得晕头转向，事后才开始意识到所受的伤害。球体真的爆炸了！

"天哪！"我声嘶力竭，"准是那个孩子干的。"

这次伟大实验的最后结果是彻底的失败，而我是唯一的幸存者。眼前的这一事故是这一伟大实验的最后一次灾难。回月球，把球体装满黄金，然后拿一片卡沃尔素作化学分析，重新去发现这一伟大的秘密，最后，甚至还可能找回卡沃尔或者他的遗体。这一切想法都完蛋了。

我是唯一的幸存者，这就是一切。

卡沃尔最后的信息

故事写到这里，按理说应该结束了。我要重新动手写我的剧本了。就在这时，我收到了一封惊人的信。一位荷兰电学专家朱利叶斯·温迪吉先生，一直在试验跟火星通信的方法，近来他每天都收到一种奇怪的断断续续的英文信息，那无疑是卡沃尔先生从月球上发来的。我怀着难以想象的兴奋，赶往设在圣哥塔岭上的小天文台，和温迪吉一起做记录，并努力向月球发出回电。

从卡沃尔的来电之中得知，他不仅活着，而且自由地生活在月球蚁人社会中。他好像瘸了，但他在电信中明确地说，他比在地球上还要健康。

卡沃尔痛苦地确信：我，柏德福不是死在月球洞穴里，就是在太空中失踪了。

我们极力猜测着卡沃尔的这些信息是在什么条件下发出的。在月球上某个地方，卡沃尔准是一度得到机会接触大量的电子仪器，也许是经过月球人的允许，或者是偷偷摸摸地装配了一台发报机。

他使用这种装置的时间没有规律：有时仅用半个小时，有时一连用上三四个钟头。他只管发电信，没有理会月球和地球表面各点相对位置是经常变化的。由此产生的结果是，他的信息时有时无，极不稳定。此外，他还不是个熟练的发报员，而且当他疲劳时，就会漏掉字或者拼错字。

头两条电信里，卡沃尔谈到了球体的制造和离开地球的一些事实，也谈到了我们在月球上的一些事实。不过他自始至终都把我说成是已死的人。他叙述到我们分头去找球体时，电文是这样说的：

"不久我就遇到一群月球人，为首的两个，甚至外形都和我们先前见到的很不相同，头更大身材更小，穿戴的东西更精致。我躲避了一阵，掉进一条裂缝里，脑袋划破得厉害，膝关节错位。于是我决定，如果他们容许，我就投降。他们发现我完全不能动了，就把我抬回月球里层。至于柏德福，我再也没有听说或看见他。"

卡沃尔就此就不再谈我了，他往下谈论一些更有趣的话题。

月球人用"一种气球"把他带进月球内层的"一个大竖坑"。大竖坑是巨大的人工竖坑系统之一，每个竖坑都向下通到100英里深的月球中心部分。这些竖坑分出一些深不可测的洞穴，再扩展成许多巨大的圆形地带。月球人带着卡沃尔左转右拐，时明时暗地来到了一个"中央海"。这个海发出奇异的光，不停地翻滚旋转，"好像就要煮沸的发亮的蓝色牛奶。海水不停地围着月球轴线流动，海面时而雷鸣风暴地沸腾，时而船荡波清地平静"。

电文继续说：

"这个中央海在距月球表面近200英里处，月球上所有的城市，都坐落在中央海的上面……月球上不太接近中心的部分有一个巨大的洞穴网，月球怪兽就圈养在里面。这里还有屠宰场，我曾看见装满肉食的气球从上面降下来。然而，很明显，这些竖洞和月球表面上的植物对于保持月球内部空气的流通和新鲜，起着重要作用。"

卡沃尔发来的电信，从第六条到第十六条，大部分是支离破碎，重复啰唆，构不成一个连贯的故事。他比较详细地叙述了月球人的形貌和生活习性等，把我带入了一个稀奇古怪的世界。

我们推测，他在那里被囚禁了一段时间，后来得到相当大的自由。月球王还派了两个"大脑袋"月球人监护并研究他，想和他进行思想交流。

卡沃尔把他们叫菲乌和茨朴夫。

"菲乌身高约有5英尺，两腿小而细，约18英寸长，并有一般月球人纤细的足型。身躯随着心跳而搏动。他的胳膊长而软，有许多关节，只是特别短而粗。他的头和普通月球人类似，嘴也毫无表情地张着，但特别小，而且是朝下的，两边是一对小眼睛。他是一种大脑特别大的生物。

"茨朴夫和菲乌酷似，但他的'脸'拉得很长，他的头像个把儿朝下的梨。

"菲乌和茨朴夫要攻克语言关的意图相当明显。他们开始模仿我的语言，甚至找了个画家，用图形和我交流。

"过了几天我就能跟这些月球人交谈了。在这无穷无尽的黑暗中，能听见这些古怪的生物不断发出类似地球上连贯的语言——提出问题，回答问题。我觉得我又回到了幼年听童话的年代：蚂蚁和蚱蜢进行谈判，蜜蜂给他们作仲裁……"

当进行语言练习的时候，卡沃尔获得了相当大的自由。"我能够随意来去，要是有些限制，也是为了我好。正是这样，我才能够接近这台仪器，设法发出这些电信。到目前为止他们还没有阻止我的意图，尽管我十分清楚地向菲乌表示，我在向地球发射信息。"

我和温迪吉试图给卡沃尔发报，但无论怎样努力，都得不到回答。我们只有听他单方面的信息。

卡沃尔还向地球提供了一幅有关月球内部世界的社会生活情况。

在月球上，每一个公民都知道自己的地位。他一生下来就受到精心安排的训练和教育以及外科整形，最终目的就是使他完全适应他的地位，以致他既没有超出那种地位的念头，也没有超出那种地位的器官。

如果一个月球人命中注定要当数学家，他的教师马上把他对其他工作的兴趣扼杀于萌芽状态，把全部乐趣都集中在数学上。一个指定看管怪兽的月球人，他从幼年起就受到引导，去考虑月球怪兽，他挂念的是月球怪兽的牧场，他的语言是有关怪兽的行话，他心满意足地执行符合他身份的职责。各个种类和各种身份的月球人莫不如此。大脑袋的月球人，从事脑力劳动，形成这奇异社会里的贵族阶层，他们的脑子发育不受限制，月球上没有书，没有任何记录，一切知识贮藏在膨胀的脑袋里。

卡沃尔的电信继续说：

"这些各式各样的月球人的形成，经历了十分奇特而有趣的过程。就在最近，我见到许多年轻的月球人，给禁闭在坛子里，只有前肢伸出，他们要被压缩成一种特殊机器的看管者。在这种技术教育体系中，伸长的'手'用药物来刺激，靠打针来滋养的，而躯体的其余部分则让它挨饿。在初期阶段，这些奇特的小生物显露出痛苦的样子，但很快就对他们的命运变得毫无感觉。看见这些生物受训的方法使我感到很不舒服。那从枝子里伸出来的、可怜巴巴的触角似的手，对失去的希望好像有一种微弱的乞求，这种景象时常浮现在我的脑海中……

"最近，我曾被领进一个宽大而低矮的洞窟，那里杂乱地生长着一种发光的青灰色菌状植物——出奇地像地球上的蘑菇，不过跟人一样高。

"我的目光正好落在一个特别庞大丑陋的月球人身上，他脸朝下，一动不动地躲在'蘑菇'中间。他好像是死了，迄今为止我尚未看见月球人的死人，因此我感到好奇。'死了？'我问。

"'不！'菲乌说，他——工人——没活儿干。给他稍稍喝一点儿——让他睡觉——睡到我们需要他的时候。他醒着有什么好处。嗯？免得他东游西逛。"

"那一大片蘑菇地上，我发现到处都是匍匐的影子。其中一个给我留下了深刻的印象，他睡觉的姿势使人想起一种屈辱顺从的痛苦……"

卡沃尔还简单地叙述了月球人的婚嫁和生育情况。电信的倒数第二条描述了他和月球王的会见。

一个大厅，蓝光照得半明半暗，浅蓝色的烟雾朦朦胧胧，大厅堂里站满了我曾提到的各式各样的生物；连穿几个厅堂，最后我来到一座大拱门下，看见月球王高踞在台阶顶端的宝座上。

他坐在一片蓝光里。这蓝光和月球王四周的黑暗，使人感到他好像飘浮在蓝黑的虚空里。初看起来，他似乎是一小团发亮的云，笼罩在阴沉的宝座上，他那头壳的直径大约有好几码。从他的宝座后面辐射出许多蓝色探照灯，在他周围形成了一个光环。四周有一大群侍仆，他们在这灿烂的光辉下显得细小而模糊。下面站着他的智力阶层：记事官、计算师、检察官以及月球宫廷中所有的显赫人物。顺宝座而下的无数台阶上站着警卫。

当我进入倒数第二个大厅时，响起了庄重肃穆的音乐声，报信官的尖叫声停止了……我进入最后的，也是最大的厅堂……

护送我的队伍像扇子一样散开。向导和警卫分开，走在左右两侧。抬着我、菲乌和茨朴夫的3副担架抵达巨大台阶的脚下。接着开始出现一阵颤动的嗡嗡声，和音乐交织在一起。菲乌和茨朴夫下了担架，但他们仍然让我坐在担架上面——我想这是一种特殊的礼遇。音乐停止了，但嗡嗡声还在响。我开始抬头仰视那位飘浮在我上面的、全身笼罩在光环里的、至高无上的月球王。

起初，这颗精粹的脑袋看来很像一个不透明的气泡，在它里面起伏盘旋的幻影隐约可见。这个脑袋真大，大得可怜，大得使人忘记大厅和人群。那些侍从忙着用清凉喷雾剂喷洒这个大脑袋，抚摩它，扶持它。我毫无遮蔽地留在那宽阔的大厅中间接受月球王默默无声的审视。

片刻之后开始行礼。我被扶下担架，尴尬地站着。菲乌苍白的脑袋大约处于我和宝座的中间，茨朴夫站在他身后。

嗡嗡声停止了。在我的经历中，月球上从没这样静过。我觉察到一种轻微的呵斥声。那是月球王在对我说话，像是用指头磨擦玻璃窗的声音。

菲乌开始尖声尖气地翻译，跟我讲起英语：月球王——想说——想说——他推断你是——人类——你是从那个叫作地球的行星上来的人，他想说他欢迎——欢迎你——并且想了解——了解，如果我可以用这个词的话——你们那个世界的情况，以及你来这儿的原因。

我逐一回答了月球王的提问，向他讲了人类怎样躲避炎热和风暴，讲了地球上的气候，当我谈到地球上有凶猛而庞大的散游动物时，他很难接受这一概念，因为他们的动物都是圈养的。

我猜想，月球王和他的侍从谈到人类的肤浅和缺乏理性。人类仅仅住在地面上，甚至不能联合起来制服捕食他们的野兽，却敢于入侵另一个星球……人类固执地保留各种不同的语言，很不方便，这种蠢事给月球王留下很深的印象。然后他向我长时间地询问有关战争的情况。他要求谈些细节，以帮助他想象。

尽管我不情愿，我还是对他谈了战争动员会、警告、最后通牒，军队的进行、调动和交战。我讲了包围和突袭，退败和困守，对败兵的穷追不舍和陈尸遍野的战场。当菲乌翻译时，那些月球人情绪越来越激动，发出一阵阵窃窃私语声。

月球王很不相信这些话。他问我："战争有什么好处呢？"

"使人口减少呀！"我回答。

"可为什么……"

在这儿，电波明显受到一连串干扰，这干扰显然来自月球某一发射点，有个报务员故意把自己的电波混入卡沃尔的电信。如果这的确是干扰，月球人干吗不省点事直接阻止卡沃尔呢？他们为什么既允许卡沃尔继续发报，又进行干扰呢？这个问题令人难以解释。

关于月球王的最后一段描写是从一句话的半截开始的："……十分详尽地询问我的秘密。我跟他们达到了相互理解。原来他们也从理论上知道类似卡沃尔素的物质可以制造，但月球上没有氦，而氦——"

又出现干扰。卡沃尔的倒数第二条电信就这样中断了。看来直到最后时刻，他也不知道自己的电信受到了干扰，也不知道向他袭来的危险。他肯定向月球人表白了：如果有人想再次登月，离了他根本不行。我很清楚月球人会对他采取什么措施……

有几天我们没收到任何信息了，卡沃尔怎么样了？他是否被囚禁，还是保持着自由？谁知道呢？

突然，像黑夜中的一声呐喊，像寂静后的一声呼叫，传来了最后的信息——两个半截句子。

第一句是："我太傻了，让月球王知道……"

大约间隔了1分钟。我们估计有外界干扰，或是他在犹豫，后来他似乎终于下了决心，但这决心下得太晚了，只能急忙地发来："卡沃尔素的制造方法如下：用……"

一切就这样结束了。我们永远也不会知道卡沃尔的消息了，他已进入了无穷无尽的黑暗与寂寞之中。

（孙天纬　缩写）

太阳帆船

〔英国〕阿瑟·克拉克

　　紧紧系在悬索上的大圆盘形太阳帆，已经鼓满了宇宙风。三分钟内比赛就要开始，然而默顿现在却比平时更轻松平静。无论狄安娜号把他载向胜利还是失败，都实现了他的雄心。

　　"最后两分钟，"座舱无线电发出指令，"请检查准备情况！"7个船长逐个回答，有的声音紧张，有的平静。默顿抬头看，太阳帆布满了整个天空。8000万平方英尺的太阳帆，由几乎100英里长的悬索系在他的密封舱上，真是无与伦比。然而它却比肥皂泡坚固不了多少，它的含铝塑料薄膜只有几百万分之一英寸厚。如此巨大而又脆弱，是难以理解的。

　　"……5、4、3、2、1，断缆！"

　　七把刀片割断了拴在母船上的细绳，帆船开始散开，像蒲公英花籽般在轻风中飘散。

　　全是太阳风的力量！默顿回忆起从前为了筹款，向听众解释的情况，不禁苦笑一下。

　　"把手伸向太阳，"他对听众说，"你们有什么感觉？除了热，还有压力，虽然你们从未注意到，但是在宇宙中，即使这样微小的压力也是重要的。它免费获取，不受限制。我们可以制造太阳帆来采集太阳的辐射光。"

他使听众折服了，也说服了宇宙公司。现在，出现了一种新的游戏。整个世界都注视着这次比赛，它拥有历史上最多的观众。

狄安娜号出师顺利，航行良好。他看见对手们了，犹如朵朵银花绽开在幽暗的宇宙空间。不到六小时，已飞完了二十四小时轨道的第一个四分之一的航程。比赛开始时，他们顺着太阳风飞行。他们必须在转到地球背后，转而飞向太阳以前，尽善尽美完成这一圈的航行。

他检查飞船，一切正常，放心地入睡了。

警钟的刺耳闹声把他从酣睡中惊醒。只过了两小时，推力在下降，狄安娜号在失去动力。

默顿敏捷地检查了仪表。真奇怪，太阳帆一侧正常，另一侧拉力在慢慢下降。他突然醒悟了，原因只能有一个，一个巨大的阴影，偷偷溜上太阳帆的闪闪发光的镀银表面。狄安娜号处于黑暗中，失去了推动它的光线，无能为力地在宇宙间漂游着。一个巨大的黑色圆盘深深切入了太阳。远处，游丝号正在制造人工日蚀，使狄安娜号的帆垂落下来，想法远远超过他。

默顿不会轻易就范，他还有时间回避。至少需要二十分钟，游丝号才能滑过太阳的表面，把他投入黑暗中。他必须打开三号和四号操纵仪表板，直到太阳帆额外倾斜二十度，使光线压力把他推出游丝号的危险的阴影，返回到太阳风之中。在两英里外，三角形仪表板开始慢吞吞打开，使阳光泻进太阳帆里。游丝号的阴影终于滑了过去，消失在漆黑的宇宙夜幕里。

他舒了一口气，吃了一些东西，在无线电里回答了一个新闻评论员提出的问题。那个评论员祝贺了他一路领先，又问他为什么决定自己来驾驶狄安娜号。他没有如实回答。其实，他只身来到宇宙只有一个理由。几乎四十年来，他曾同千百人一起工作，设计复杂的飞行器。近二十年来，他曾领导一个小组，观看他创造的飞船直上星际。他的名声显赫，却未曾亲自做过什么，只不过是这支队伍中的一员而已。

这是他获得个人成就的最后机会。因为太阳的平静时期已经结束，至少在五年内，不会再有太阳帆船航行。他已老了，必须抓住机会。

光线渐渐在消失。当狄安娜号悄悄滑进地球的阴影时，紫红色的晚霞正掠过太阳帆而渐渐消散。其他飞船也进入夜幕，像亮晶晶的星星一样一个个熄灭。一小时后太阳才能从黑暗中浮现出来，此刻他们束手无策，只能做无动力滑行。

比赛的一出好戏正在开台。在往后绕过地球的轨道上，他必须使巨大的太阳帆将边缘对着太阳。那时，太阳帆将成为无用的累赘。因为在朝向太阳飞去时，太阳射线将把它沿轨道向后推去。可惜现在还无法把帆卷起再展开。

在遥远的下方，地球边缘已出现黎明的曙光。十分钟后，太阳将从晦暗中现出，阳光照射在帆上，惯性的飞船将重新获得生命力。

当太阳跃出时，黎明像爆炸一样在地球边缘闪闪发光，太阳帆和悬索都抹上一层绯红、金黄，接着放射出白昼的炽热火焰。狄安娜号几乎还处于失重状态，它的加速度还微不足道。

蜘蛛号和圣玛利亚号绝望地挣扎着要保持距离。两位船长都很固执，不愿落后而把机会让给别人，因为太多的名誉、声望和金钱正处于得失攸关之际。它们撞在一起了，悬索交织缠绕，成为难解难分的一堆。乘员从密封舱挣脱出来，救险装置拖着火箭掠曳的火舌，匆匆赶来把他们救走了。

默顿想到，只剩下我们五个了。几分钟内，五个中剩下了四个。缓慢旋转的阳光号无法抢风转变航向。它的巨大的环形帆正面对太阳，而不是侧面朝太阳，正被沿轨道向后吹去。但是要把它彻底除名是不行的。几乎还有五十万英里的航程，它或许还能赶上来。如果再有几个减员，它可能是唯一完成比赛的一个。

在以后的十二个小时中，飞船队在无动力的一半轨道上漂移时，几乎无事可做。当他们经过刚开始有动力的一半轨道时，发生了又一次减员。游丝号缓慢地前后扭动着，塑料薄膜开始撕裂。十五分钟后，除了支撑大网的帆桁外一无所剩，救险装置又赶来搭救了它的乘员。

此刻，狄安娜号超出对手三百英里。随后的列别捷夫号的马科夫在无线电中提醒他："请不要忘记乌龟和兔子赛跑的故事。在下一个航程中，还可能大爆冷门呢！"现在是狄安娜号和列别捷夫号的对抗，不知后者要采取什么措施来超过狄安娜号的领先地位。在第二圈航程，再次经历黑暗，背向太阳缓慢飘动时，默顿感到越来越不安。他很了解俄国人，马科夫正在努力，一定会一鸣惊人。

在比赛飞船之后一千英里，救险指挥官沮丧地注视着无线电射线照片。这照片带来了坏消息；在太阳表面的深处，正聚集着巨大的能量，相当一百万颗氢弹的能量，随时可能突然发生爆炸，出现太阳光斑。巨大的火球将一跃而起，以每小时数百万英里的速度冲向宇宙。太阳帆像纸一样薄，对这种威胁没有丝毫防卫能力，比赛将不得不被放弃。

默顿还一无所知，他和俄国人都还有最后一圈，登上飞往月球的航程。狄安娜号飞得极好。他只有两种担心。一是八号悬索已不能随意调整；二是尾随的列别捷夫号，他对胜利还毫无把握。

在比赛的第五十个小时，接近绕地球第二圈末尾时，马科夫抛弃了一切不必要的东西，很快达到第二宇宙速度。他从无线电里对默顿说，在最后的直线飞行中，为了减轻重量，他甚至打算把副手抛出去，让救援组救走，进行轻装决战。默顿意识到胜负难定。

但是，比赛结果于九千二百万英里外，已经在裁决之中了。

在水星轨道的三号太阳观察台上，记录了太阳光斑的全部演变过程。太阳表面突然狂暴地爆炸开来，高速的带电粒子只要一天就能将参赛的太阳帆船吞没在致命的放射性云雾中。

指挥官直到最后一分钟才做出决断，取消这次比赛。

默顿接到命令时，感到一种自童年以来从未尝到过的痛苦。他曾在片刻间考虑过不服从命令。即使比赛取消了，他还可以横越太空到达月球，这将千秋万代永载史册啊！

但是没有比这更愚蠢的啦！这就是自杀。不，那不值得。他为自己感到遗憾。他们都应赢得比赛，而今胜利将不属于任何人了。

在后面，救险装置正接近列别捷夫号。马科夫切断悬索，银色的太阳帆飞走了。轻巧的密封舱将带回地球，也许再度使用。

现在轮到了狄安娜号。默顿对着麦克风说："我马上离开，请及时搭救，不用管飞船。"

他离开了。他给予狄安娜号的推力是他最后的礼物。狄安娜号离开了他，变得越来越小，太阳帆在阳光中闪射着光辉。两天后，它将经过月球。它比任何从群星中飞驰而来的彗星都要快，将一直冲进深不可测的宇宙之中。

"再见吧，我的飞船！"默顿说，"我真想知道，千百年后，会有什么样的眼睛注视着你？"

（刘兴诗　改写）

闹鬼的航天服

〔英国〕阿瑟·克拉克

卫星控制中心给我打电话时，我正在观察舱里写当天的进展报告。观察舱是从航天站的轴子突出来的一个玻璃圆顶办公室，好像是轮子的毂盖。

这并不是一个真正理想的工作场所，因为视野太开阔了。我可以看到建筑队在距离只有几码的地方建航天站，就像在拼凑大型拼板玩具，他们工作的时候像是在跳慢动作芭蕾舞。下方两万英里外，欣欣向荣的蓝绿色地球在错综复杂的星云衬托下漂浮着。

"我是站长，"我回答道，"什么事情？"

"我们的雷达显示，两英里外有一个小小的回波，几乎是固定不动的，大约位于天狼星西五度，你能为我们提供有关这一物体的直观报告吗？"

和我们的轨道如此准确吻合的物体不大可能是流星，一定是我们的什么东西掉了——也许是某一个器材没有固定好，从航天站里飘出去了。这是我的想法，可是当我拿起望远镜，在猎户座周围天空进行搜索时，我马上发现自己的想法错了。虽然那一航天物体是人造的，但是它和我们毫无关系。

"我找到了，"我向控制中心报告，"是一个试验卫星——呈锥形，有四根天线。从设计判断，说不定是20世纪60年代初期美国空军的试验卫星。我知道，当时由于发报机损坏，他们有好几个试验卫星失踪了。他们做了多次努力，最后才进入了这一条轨道。"

控制中心查了档案，证实了我的猜测。过了一会儿，他们又发现，到了1988年，华盛顿对我们这类发现还是一点不感兴趣。要是这种试验卫星再次失踪，华盛顿方面也无所谓。

"我们不能让它再失踪了，"控制中心说，"即使没人要它，它对航行也是个威胁。最好有人出去把它拿进来，使它离开轨道。"

我意识到，他们说的"有人"一定是指我，我不敢从组织严密的建筑队里抽出一个人来，我们已经落后于计划，而工程每拖延一天就要多耗费一百万美元。地球上所有的广播和电视网都在急切地等待着，希望早日通过我们播送节目，提供第一次真正的全球性服务，从南极到北极，跨越整个世界。

"我出去把它拿进来。"我回答道。虽然，我把话说得好像是要为大家做一件大好事，但私下我一点也没有不高兴。我出来起码有两个星期了。

在通往过渡密封室途中，我遇到的唯一工作人员是汤米。

它是我们最近刚得到的一只猫。在离开地球成千上万英里的地方，养点动物对人有着重大的意义。但是能适应失重环境的动物不多。当我离开它，爬进航天服时，汤米悲伤地喵喵叫个不停。可是我太匆忙了，没有时间和它玩。

现在，也许我应该提醒你，我们在航天站所使用的航天服，和人在月球上活动时穿的柔韧航天服完全不同。我们的航天服是一种很小型的航天船，只能容纳一个人。航天服呈粗短圆形柱，大约七英尺长，装有小功率喷气发动机，上端有一对像手风琴一样的袖子，供操作人员放手臂之用。

我在只供我一人使用的航天服里安顿好之后，马上打开动力，检查小型仪表板的各种仪表。所有的指针都在安全区里。我对汤米眨了眨眼，表示祝它好运，然后把透明的半球状物罩在头上，把自己密封起来。因为这一次旅程很短，所以我没有检查航天服内部的各个小柜子，那些柜子是在执行任务时用来装食品和特殊设备的。

当传送带把我送进过渡密封室时，我觉得自己像一个北美印第安人的婴孩，被他的母亲背着走。接着，抽气机使压力降到零，外门打开，最后的一丝空气把我吹到群星中去，我慢慢翻了个跟头。

航天站离我只有十几英尺，但是现在我已经是一个独立的行星了——我自己的一个小天地。我被密封在一个微小的机动圆柱体里，对整个宇宙一览无余，但是我在里面实际上完全没有行动自由。所有的操纵装置和柜子，我的手脚虽然都够得着，但是加垫椅和安全带使我不能转身。

在太空里，太阳是大敌，它可以在一瞬间把你的眼睛烧瞎。我小心翼翼地把航天服"夜间"一侧的黑色滤光器打开，然后转过头去看星星。同时，我还把头盔上的外部遮篷转到"自动"的位置上，这样，我的航天服无论转到哪一个方向，我的眼睛都能得到保护。

过了一会儿，我找到了我的目标——一个银色的光斑，它的金属闪光使它和周围的群星明显区别开来。我踩了一下射流操纵脚蹬，小功率火箭使我离开航天站的时候，我可以感到加速的轻微冲击。经过十秒钟稳态推力飞行之后，我切断了动力源，靠滑翔飞完剩下的旅程还要五分钟，要把我打捞上来的东西带回来，所需的时间也多不了多少。

就在我飞往茫茫太空的那一瞬间，我发觉出了严重问题。

在航天服里面，从来不会完全没有声响。你随时可以听到氧气的轻微咝咝声，风扇和马达的微弱飕飕声，你自己呼吸的沙沙声。如果你仔细听，甚至可以听到自己心脏跳动的有节奏的怦怦声。这些声音在航天服里到处回响，无法逃逸到周围的真空中去。在宇宙空间，它们是不受注意的生命的伴音，只有当这些声音出现异常时，你才会意识到它们的存在。

现在这些声音发生了变化。除原有的声音之外，又增加了一种我无法辨认的声音，是一种时断时续的低沉的乒乒乓乓的声音，有时还伴有叽里呱啦的声音。

我一下子愣住了，我屏住气，想用耳朵找出这种陌生声音的来源。控制台上的各种仪表看不出什么问题，刻度盘上的所有指针都一动不动，预示灾难已经迫在眉睫的红灯忽亮忽灭的情况也没有出现。这算是一点安慰，但不是很大的安慰。我很早以前就懂得，碰到这种事情时，要相信自己的本能。这时，报警信号在闪烁，通知我要及早赶回航天站……

即使到了现在，我也还是不喜欢回忆后来那几分钟的情况。恐慌像涨潮一样，慢慢充满了我的脑袋，在宇宙的奥秘面前人人都必须构筑的理智和逻辑的堤坝被冲垮了。这时我才明白面临精神错乱是怎么回事，再没有其他的解释更适合当时的实际情况了。

把干扰我的声音说成是某种机械装置出故障造成的，已经是不可能的了。虽然我处在完全孤立的境地，远离人类或任何物体，但我并不孤单。无声的真空给我的耳朵送来了微弱的，然而是确实无误的生命活动之声。

在那令人胆战心惊的最初时刻，好像是有什么东西想要进入我的航天服——某种看不见的东西，企图摆脱冷酷无情的太空真空，寻找一个庇护所。我一边坚持工作，一边疯狂地急速旋转，仔细察看周围的整个视野，除了面对太阳的耀眼锥形禁区以外。当然什么也没有找到。太空中不可能有什么东西，但是那有意乱抓的声音却听得更加清楚了。

尽管有人说了不少话来攻击我们宇航员，但是说我们迷信是不切合实际的。可是当我丧失理智的时候，我突然想起伯尼·萨默斯死亡的地点并不比我离开航天站更远，你能责怪我吗?

伯尼发生的那次事故是"绝无仅有"的。同时发生了三个故障：氧气调节器失去控制，压力迅速上升；保险阀门不能喷气；一个不良焊接点熔化。在不到一秒钟的时间内，他的航天服向太空敞开了。

我过去不认识伯尼，但是因为我产生了一个可怕的想法，他的命运对我突然具有极大的重要性。这类事情是秘而不宣的，但航天服毕竟太值钱，损坏了也舍不得扔掉，即使穿某一件航天服的人死了，人们也会把它修理好，重新编号，然后发给另一个人穿⋯⋯

一个人远离他原来的世界，在群星之间死去，他的灵魂将怎么样呢？伯尼，你还在这里，还依附在这件航天服上吗？

四面八方好像都响起了乱抓乱摸的声音。我与周围可怕的声音搏斗着，心中只剩下一个希望。为了保持神志正常，我必须证明这不是伯尼用过的航天服，这些紧紧把我封闭起来的金属壁从来没有充当过另一个人的棺材。

我试了好几次，才揿对了按钮，把发报机转到紧急波长上。"我是航天站！"我气喘吁吁地说，"我已陷入困境！请查一下档案，核对我的航天服——"

我讲个没完，把我的麦克风都嚷坏了。一个人在太空里，处于孤零零的绝对孤立状态，突然有什么东西在他的脖子后面轻轻拍打，他能不叫嚷起来吗？

尽管绑着安全带，我一定是向前撞了，狠狠地撞到控制板的边缘上。几分钟后，营救队赶来时，我还没有恢复知觉，前额上横着一条愤怒的伤痕。

在整个卫星中继系统中，我最迟知道真实情况。一小时后，我才苏醒过来，所有的医务人员都聚集在我床边，但是过了好久，医生们——当然还有那位漂亮的太空小护士——才看了我一眼。他们都在忙着和三只小猫玩儿，那是被大大叫错了名字的汤米在我的航天服第三贮藏柜里生下来的。

（陈安全　曾丽明　译）

X-12行星上的奇遇

〔英国〕帕梅拉·克利弗

　　拉斯自从记事以来，就立志当个航天工程师。因此，他所看的书、所做的游戏、所偏爱的功课，都离不开这个唯一的目标。他想，在他十一岁小学毕业后，经过能力考察的智力测验，有关部门一定会把他选入工科学校。在那里，他就可以完成专业学习，学会如何驾驶和修理宇宙飞船了。

　　当升学考试临近的时候，像他这么大的孩子一般都会感到紧张和害怕，因为考试将决定他们未来的命运：是被挑选去学习宇宙航行专业呢，还是去学服务行业或者别的什么专业呢？可是拉斯却一点也不担心，他绝对相信，一定能进入工程技术学校。

　　考试的日子终于来临了，孩子们都到宇航基地附近的研究院去应考。他们乘坐着架空单轨列车飞越城市和原野，向研究院驶去。当拉斯在列车上偶然看到一排高大的银色宇宙飞船发射架时，心里有一种说不出的激动。"总有一天，"他想，"这些了不起的机器都将由我来管。"朦胧中，他做了一个梦，梦见一位宇宙飞船的船长焦急地跑来找他。"斯旺森工程师，"船长说，"我们遇到麻烦啦！中微子对流加热器出现了漏洞，如果修不好，我们就全完了。"拉斯沉溺于梦幻之中，不断地折着自己的手指。他想象着自己如何施展绝技，使机器很快就修好了。"真是奇迹，"船长在他身旁注视着说，"我相信，在整个宇宙舰队中没有人能像你干得这么漂亮。"

拉斯经常在脑子里幻想着这类事件，每次事件中，他总是充当一个英雄的角色，而且人家老是叫他斯旺森工程师。

在研究院进行的考试真有意思。首先，老师向孩子们解释各种考试程序，为的是使孩子们在看到往自己身上绑缚各种电极和电线时不至于害怕。考试是在体操房内进行的，穿白大褂的研究人员让孩子们做各种动作，一边不停地做着记录。每个考生都有一个卷宗，研究人员把各种仪器输出的身体素质卡片分别放进各个考生的卷宗里去。拉斯知道，考试结束后，将把各种卡片放进大型计算机里去进行分析，然后对每一个十一岁的孩子下一阶段该受何种教育做出正确判断。

在身体素质考察完毕后，接着进行技巧考试。每个考生都要进行一些工具和机械装置的操作和使用。研究人员手拿秒表，站在考生旁边记录时间。此外，还有声音辨别能力的测验，考生头戴耳机，对不同的声音加以辨别。然后是语言能力的测验、思维能力和精力的测验，最后是脑力测验。

老师以前曾向孩子们讲过，大脑是一个人最神秘的地方，它不仅能贮存已经学过的东西，而且能贮存一种潜在的意识，这种能力对于一个人是否能适应某种工作有很大影响。

"当你神志清醒的时候，"拉斯的老师告诉他，"你能够控制自己的思想，也就是说，当你想告诉别人什么事，不论是真话还是撒谎，完全可以由你自己决定。可是在脑力测验中，他们可以测出你内心的一切秘密，不管你知道什么，在想些什么，你的信仰是什么，都瞒不过他们。他们让你睡着以后，便用一种仪器检测你的大脑。但也不要害怕，这些研究人员并不是要知道你的什么秘密，而是想在决定某个人未来可以干什么工作之前对他做个全面了解。"

　　一个穿白大褂的研究人员把拉斯带到一间小卧室里，让他坐在一个舒适的椅子上，并叫他放松。然后让他注视着出现在他面前墙上的一片旋转灯光，把一切注意力都集中在灯光上。这就是他所能记住的关于脑力测验的所有情况。

　　考试完毕后，主考官要跟每个考生谈一次话，把考试结果告诉他们。当轮到同拉斯谈话时，他表面上显得很镇定，但仍然抑制不住内心的激动。拉斯是一个高个儿男孩，黑头发，蓝眼睛，稚气的脸上显得有点严肃。他盯着主考官的面孔，盼望他能说一句梦寐以求的话——"工程技术学校"，这样，他的梦想就可以实现了。

　　最后，主考官终于说话了："好了，拉斯，你可以到脑力训练班去。"拉斯听了以后，好一会儿说不出话来。"脑力训练班"并不是他的第一志愿呀！当他最后证实没有听错时，几乎要晕倒了。主考官看出了他的表情，说道："没有想到吧，拉斯？看来你很惊讶，你打算上哪儿去呢？"

　　"工程技术学校，先生。"他绝望地回答道，"我一直希望当个航天工程师呀！"

　　主考官扫视了一下摆在他面前的计算机输出结论，摇了摇头："的确，你心灵手巧，而且有一定的发明才能。可是，你要是当个航天工程师，就是浪费人才了，因为你具有一种世人少有的特质，如果加以适当发展，将对我们的社会做出不可比拟的贡献。在脑力测验中，我们发现你有一种能感知动物大脑活动的特异功能。"

　　"动物？"拉斯不相信地说道。他愣住了，就是主考官说他有隐身术，他也不至于像现在这样惊异。"可是，先生，我从来没有接触过任何动物呀！"可不是，拉斯一直住在大城市，而城市里是不许饲养动物的，一切牲畜都豢养在远离城市的农场里。

　　"不，拉斯，"主考官说道，"很容易看得出来，你从未接触过动物，所以你的特异功能也从未被人发现。在脑力测验时，我们按惯例把一头动物带进屋里，一般很少有人对此做出反应，可是你告诉我们的事只有这只动物和它的饲养员才知道。毫无疑问，孩子，你对动物的大脑活动有一种特别的直觉，你大概不知道，这种功能该有多大的用处啊！"

拉斯并不想知道这种特异功能有什么用，他脑子里一直想着他失去了什么东西。"那我不是一辈子也不能到宇宙中旅行啦！"他大声嚷道。可是主考官说："当然可以，拉斯，你今后旅行的机会多着哩。你长大后，你的训练也完成了，那时你就会成为宇宙探险队的队员，去探索崭新的世界。当你们到了一颗新的星球后，你可以用自己的特异功能去感知生活在那里的生物究竟在想些什么，对外星来客有什么反应。然后你和宇宙环境学家就可以决定地球上什么样的动物到那里去最合适。我想你一定会对你今后的工作感兴趣的。现在，你应该先到脑力训练中心去受训，继续发展和增强你的直觉力。放心吧，小家伙，你的一生一定会过得很有意义。"

主考官和蔼可亲地微笑着向他点点头，他深知，当孩子们知道计算机为自己选择的职业不合自己的心愿时，开始总会有些失望，但很快就会冷静下来，因为他们相信计算机是不会错的。

然而，拉斯却怎么也想不通，他低着头，眼睛盯着地板，无精打采地走出了主考官的房间。当等在门外听信的同学们向他问这问那时，他几乎什么也没听见。他简直不敢告诉他们他将不是一个航天工程师而是一个什么动物思维识别者。他的眼泪在眼眶里直打转，趁眼泪夺眶而出之前，他赶紧捂着脸躲开了。

他心不在焉地走出大楼，在研究院附近的花园里走着，走着。也不知道走了多久，也不知道走到了哪里，直到碰上一片铁丝网，他才意识到已经来到了宇宙飞船基地旁。他注视着在太阳下闪闪发光的银色飞船，忽然感到一阵哽塞，绝望的心情使他禁不住大声哭起来。难道不就是在今天早上，当他乘坐着单轨架空火车时才看到这些飞船的吗？难道他不是一直幻想有朝一日能亲手摆弄这些飞船吗？可是这一切都像是几个世纪以前的事了，主考官已经宣布，他不能做一个航天工程师了。虽然他们说他今后还会有机会到别的星球去旅行，可那只能是一个乘客。对拉斯来说，与其以一个乘客的身份去坐飞船，还不如不去的好。

正在这时，一辆氢气汽车停在他身旁。那肥皂泡一样的透明车顶向后拉开了，一个和善的面孔露了出来。

"喂，小家伙，"车里的人对他嚷道，"你想到这些飞船的附近去看看吗？"

拉斯回过头来，用手背抹了抹眼泪，"是，是的，我想去。"他饮泣吞声地回答道。

"进来吧。"车上的人说。

拉斯爬进车厢，那人把车顶拉回原处，把车发动了。

"我叫依里克，"他说，"是一个航天工程师，正好去检查我的飞船，见你哀伤地站在那里，猜想你一定是想去看看飞船，是吗？"

拉斯把他的苦衷一股脑儿全告诉了这位好心的工程师，他感到依里克比任何人都更能理解他这时的心情。

"真不幸，"依里克同情地说道，驾着气垫车掠过一片宽阔的空地，"当一个人要做某件事而又做不成时，的确很不幸，但我相信，当你经过训练以后，你会喜欢你未来的工作的。那时，你就会忘掉航天工程师的事了。"

"你是不是从小就想当一名航天工程师？"拉斯问道。依里克笑了笑："我像你这么大的时候，根本就不知道长大了要干什么，我是在升学考试时才被选中搞航天工作的。不久以后，就发现我非常适合搞这项工作，计算机是不会骗人的，是吗？"他说。

当氢气车停住后，他们下了车。依里克领着拉斯走到他的飞船旁，并让他到船舱里去参观。拉斯高兴得手舞足蹈，他对飞船里所有的东西都像着了迷似的，看个没够。当他们来到驾驶室时，他看到控制台上五颜六色的灯光不停闪耀，各种信号的声音亲切悦耳，简直有意思极了。当他领着拉斯走出飞船，向一排楼房走去时，他向拉斯解释说，他必须马上到管理处去一趟。

"你最好在更衣室里等我，"他用手指着一扇门说，"我一会儿就回来。你就待在那儿等我，什么也别动，我办完事就送你回研究院去。"他笑着向拉斯挥了挥手便离去了。

拉斯向更衣室走去，这是宇航员登舱以前更换宇宙服的地方。在这里，拉斯又开始做他的白日梦了。工程师斯旺森正在为起飞做准备，他走到一个柜子旁，取出宇宙航行服——当然，柜子是锁着的，他只是假装地做着穿衣的动作——可是，使他惊异的是，柜子并没有锁，他轻轻一按，柜门就打开了，里面放着一套套宇宙服。

他向四周看了看，一个人也没有。"让我穿一下试试，该没有关系吧。"他想。虽然依里克说过"什么也别动"，可现在的拉斯已深深陷入梦幻之中，早把什么都忘了，何况他现在已是斯旺森工程师哩。他开始把宇宙服拿出来，并试着穿上去。穿这玩意儿看来也不难，任何十一岁的孩子都会穿，因为他们在电影、电视里早已看过千百次了。拉斯很容易就把衣服穿上了，他虽然只有十一岁，可是个子很高，所以这件衣服只显得稍微大一点。他小心地把带子系好，不让漏出一点空隙，然后笨手笨脚地在房间里走着，并在一面大镜子面前照了照，对自己的形象感到非常满意。

突然，一个人冲了进来。"彼得逊，"他对拉斯嚷道，"我以为一定要迟到，路上的车简直太挤了，快！离起飞时间只有十分钟了。"他一边说一边脱去外衣，并慌慌张张地把一套跟拉斯一样的宇宙服穿上。

他为什么叫他彼得逊呢？拉斯把身体稍微转动了一下，从镜子里面他看到他穿的宇宙服的背面有反写的"彼得逊"几个字。他忽然觉得自己做了一件很不光彩的事，感到后悔和懊丧。他想把飞行帽摘下来去坦白他所做的一切，可是他又想，如果他不吭声，也许能跟这人一起混上飞船去。

不管怎么着，他总归会受到责备，如果什么也不说而混上了飞船，其后果也不见得比他承认自己穿了别人的衣服更坏。拉斯并不是一个顽皮的孩子，不过他暗自想，他这种恶作剧应该是对研究院领导的一种报复，谁让他们使他失望了呢？

这些想法在拉斯脑子里闪了一下就过去了。这时，那人已穿好了衣服，只见他衣服背后写着"船长"两个字。当"船长"对他说"跟我来"时，拉斯终于下了决心，跟他走出了更衣室，往基地走去，一直走到发射台下。在那里，"布罗坎特号"飞船正在等待起飞。拉斯注意到，这不是一艘高速定期客船，但肯定是一种长途飞船，船身很大，有点破旧，像是一艘运输船。拉斯跟着船长穿过入口舱，一直来到舱体内的飞行椅旁。有两张椅子已经坐了人，还有两张椅子空着。船长爬上其中一张飞行椅，毫无疑问，另一张是拉斯的了，于是他也爬了进去。他的心跳得很厉害，因为每秒钟都有被发现的危险。真正的彼得逊哪儿去了呢？拉斯忽然记起船长说过，一路上车太多，也许彼得逊是被车隔住了吧。

拉斯也记不清飞船是怎么起飞的，他只知道当飞船在冲离大气层时，地球引力产生了一种强烈的巨大拉力。他没想到这拉力是那样的厉害，好像要把他的骨头扯散、口脸拉斜一样。对于其他宇航员，由于都受过专门训练，而且都不是第一次远航，所以好像无所谓似的。可是拉斯呢，这里的一切都是那么奇特、可怕、难以忍受。他昏过去了。

当他醒来时，一切都过去了，两个宇航员站在他的躺椅旁，用一种惊异的眼光瞧着他。他们摘下飞行帽，然后把拉斯的帽子也摘下来，其中一个是船长，另一个年纪大一些，灰头发，黑胡子，一双燃着怒火的灰眼睛。

"你究竟是什么东西？"他质问道。这时拉斯身体很弱，他眨了眨眼睛，奇怪的是，为什么他们问他是"什么东西"？

他挣扎着坐起来，把一切都告诉了他们——他是谁，依里克怎么把他带到基地，他怎么想试穿一下飞行衣而把彼得逊的衣服给穿上了（这时，那个小胡子瞄了船长一眼，并冷酷地跟他小声地说着什么），然后他是如何上了飞船。

"你在宇宙基地附近干什么呢？"

拉斯叹了一口气，接着向他们解释在考试时发生的事以及他的理想、他的失望等等。小胡子一边听一边抱怨。

"好啦，"他说道，"吃点东西吧。你这算什么英雄，最多不过是个偷渡者。我们还有很多事要做，必须按原计划行动，决不能调转航向送你回去。感谢你的愚蠢，使我们少了一个帮手。不过，事到如今，我们只能尽力想办法了，可是你也要尽力帮助我们。我叫费歇，布罗坎特号宇宙营救船的指挥长，当务之急是给研究院拍封电报，告诉他们你在什么地方，使你的老师和父母不至于担心，还要告诉依里克。你想过没有，他们找不到你该有多着急！"

拉斯本来就很惭愧，听了指挥长的一席话，更感到内疚，因为他无时无刻不在想他给他们造成了多大的麻烦。

"说真的，"指挥长费歇比刚才缓和多了，"我想11岁的孩子一般不会干这种事，虽然我不赞成偷渡，但我佩服你的精神。"

说完，他去给基地发电报。这时，船长帮拉斯从座椅上下来。他是个和蔼可亲的青年人，大约20多岁。拉斯虽说受到人们的抱怨，可是一想到未来的旅行，仍抑制不住内心的激动。他有好多问题要问，他什么都想知道。

"船长先生，"他说，"什么是宇宙营救船？它是干什么用的？"

船长笑了笑。"我叫哈利，"他说，"你真是个可恶的旅客，要知道你给我找了多少麻烦。至于宇宙营救船嘛，它专门在宇宙中收集那些被遗弃了的航天器，把它们弄回去重新利用。还有那些发射到别的星球上去的无人驾驶探测器，一般都不再返回地面，我们就去把它们收回来，送到地球或月球的工厂里去，重新加工。我们飞船的名字叫'布罗坎特'号，这是一个法文词，意思是'旧货商'，你看，我们就是宇宙废品回收站。"

拉斯完全着迷了，他真不知道世界上还有这种工作。哈利继续向他讲道："这并不是件显赫的工作，也不值得人们去为它写小说，但它的确是件非常有意义的工作。"

"你们很容易就能找到那些东西吗？"拉斯问。

"不一定，首先要从资料中了解这些东西的大概位置，然后按资料给出的路线和轨道去寻找。有时，我们借助动物的嗅觉去帮助寻找。比如说我们从其他星球上弄来一种羚羊兽，能凭它的嗅觉找到用甲基烷作动力的宇宙飞行器。还有一种獐子，对太阳能电池特别敏感。待一会儿你就可以看到它们怎么工作了。"

指挥长费歇回来了。"关于你的电报已经发出去了，"他告诉拉斯，"他们对你的行为十分恼火，不过，等你重新回到地球上去的时候，他们也许就顾不上对你发脾气了。我们要出去八个星期，这段时间够他们消火的了。小伙子，你累了一天，该睡一会儿了。至于说你在布罗坎特号上能派点什么用场，明天再说吧。"

哈利把拉斯带到卧舱里去，帮他在彼得逊的床上睡下。由于激动和好奇，拉斯以为他一定睡不着，可他实在太累了，还来不及仔细幻想他未来的冒险生活，就很快入睡了。

用中微子作动力的飞船超光速地行驶了21天，来到了X-12号行星。在这里，指挥长要搜寻和回收发射到这颗行星上的无人驾驶探测器。当拉斯还在床上睡觉时，他们已把羚羊兽从笼子里放出来，带到X-12号行星的粗糙地面上寻找探测器去了。本特利（飞船上的第四个宇航员）和指挥长正在同船长对话，船长坐在标着方位的荧光屏前为他们确定前进方向。这时，拉斯悄悄地爬到船长身旁。

"真怪，究竟是怎么回事呢？"指挥长声音嘶哑地说道，"这家伙以前不这样呀！它甚至连气味都不去闻一下，一个劲地乱蹦乱跳，在原地打圈子。"

船长也在发牢骚，他对羚羊兽的反常行为同样无法理解。跟布罗坎特号的船员一样，他只知道给它吃什么，如何照顾它。当需要找寻有甲基烷作动力的飞行器时，只要把它带出去，在它的项圈上系一条皮带，它就会带着你奔向要搜寻的目标。

"可能有什么东西激怒了它吧，"他说，"你们发现有什么反常现象吗？"

仪器内发出一种静电信号，指挥长明白这表示周围没发现任何有生命的东西。

"没有，不可能有什么东西，"船长证实道，"根据探测器的探测结果，X-12号行星上没有任何形式的生命存在。"

船长开始小声地哼着，拉斯知道，这是船长在忧虑时的一种习惯性动作。忽然，他好像有了一个主意。他回过头来用眼紧盯着拉斯，好像以前从来未见过他似的。"拉斯，"他激动地说道，"你说过你能感知动物的大脑活动，是吗？"

拉斯耸了耸肩膀："我也不太清楚，先生。我从未试过，是研究院的人告诉我说我能行，所以他们要把我送去进行脑力训练。"

"行！"船长说，"现在是你试一下的时候了——不管怎么说，值得试一下。穿上护生服吧，到他们那儿去，看看是什么东西使羚羊兽烦躁不安。"

拉斯有点害怕，他不知道究竟行不行，但他深知，现在非试不可了。自从他来到飞船后，他极力避免同动物接触，因为他从心眼里不愿做主考官说的那种人。但是他答应过布罗坎特号的船员们，如果需要他帮忙的话，一定尽力而为，以报答他们对他的原谅和照顾。

拉斯往上一跳便出了船舱。他怀着极大的兴趣，在护生服中笨拙地走着，透过风镜观赏着X-12号行星上起伏不平的银灰色世界。在飞行帽内有供呼吸用的氧气，也有通信设备，他可以听见船长的声音，这声音会告诉他指挥长和本特利在什么地方。不一会儿，他看到两个头戴银白色圆形帽的人影正使劲抓住一头满身红毛的怪兽。这怪兽身躯长，四肢短，尖尖的脑袋上长着两只小眼睛，耳朵也不大，圆圆的嘴巴像猪。这家伙跟他从画片上看到的雪貂差不多，可是比雪貂几乎大三倍，血一样的长毛，使它显得格外凶猛。

当拉斯走近他们时，几乎听不到船长的声音了。他脑子里充满了一种奇怪的、图画一般的形象和感觉，他忽然觉得他的爪子受了伤——是他的爪子，而不是他的脚。疼痛使他烦躁不安，他脑子里充满了愤怒的感觉，不愿在地上走路。他明知道要到有甲基烷的地方去，可是不想去，疼痛使他不愿做任何事。他越是站着不动，就越感到疼痛难忍，也就越烦躁，忽然他感到两眼发晕，头就像要炸裂开一样。他使尽全身力气向耳机喊道："快把那家伙带回飞船去！"

一阵晕眩使他连路也走不稳，只觉得指挥长的两手伸过来，扶着他回到了飞船。说来也怪，当他在外面时，一直感到疼痛、激怒，浑身不舒服，可是一回到飞船，把羚羊兽带回笼子后，这些感觉都没有了，他又可以用自己的脑子来思维了。

"真的，"他惊异地向船长说道，"我可以感知动物的思维！真有意思。我原以为就像能听到它们说话一样，可当然不是，动物怎么会说话呢？在我脑子里就像有一幅图画一样，我完全知道你们的羚羊兽在想些什么，是外面有什么东西使它的爪子受了伤，它的爪子就像烧灼一样疼，不是火烧的疼，而是强酸或别的什么化学物质灼的疼。我想，要是把它的爪子用什么东西裹起来，可能就会好些。"

"羚羊兽确实知道甲基烷在什么地方，我感觉到它在想这个问题，就好像我能闻到这种气味一样，但它的爪子太疼了，所以不愿意去。"

"啊，天哪！"指挥长说道，"我怎么也不会想到问题出在这儿！"

拉斯感到说不出的高兴，他坐下来看着指挥长用一张金属片给羚羊兽做靴子。

当他们第二次外出时，情形完全不同了。羚羊兽动作敏捷，很快就把他们带到有探测器的地方。当他们把探测器运到飞船的货舱以后，全体宇航员举行了一次庆祝会，痛痛快快地吃了一顿。

"我敢发誓，拉斯，"船长说道，"你给我们带来了一份奇迹般的礼物——动物思维感知。它可给我们帮了大忙。想想看，要是到一颗新星上去，你该能派多大用场；再想想看，你能给农民和牧民们节省多少时间啊！"

拉斯听了特别高兴，比近几个星期任何时候都要高兴。当主考官告诉他能感知动物大脑活动时，他并不相信，也不想相信，因为他总觉得这玩意儿怎么也比不上航天工程师重要。可是，这次偶然的X-12行星之行使他认识到，这的确是件有意义的工作。当拉斯看到宇航员们充满喜悦和赞赏的面孔时，意识到今后他一定能在宇宙中航行，不是以一个旅客的身份，而是充任一个不可缺少的角色。忽然，他觉得自己非常向往今后的新生活——还是计算机说得对。

（陈军　译）

阿爱里塔

〔苏联〕阿·托尔斯泰

马司其斯拉夫·谢盖耶维契·罗希是个意志坚定、富于幻想的工程师，他的脑子里充满了各种各样的新花样，比如说，在那些年里人们从欧洲和美洲的无线电台里经常收到奇怪的信号。起初人们以为这是地球电磁场中的骚动引起的，不过那神秘的声音非常像某些文字的信号。罗希认为这一定是有人坚决地要和地球人通话，这声音来自火星，因为火星和地球是两个相距很近，几乎受到同样规律支配的星球，既然地球人类已诞生了几百万年，那么为什么火星上就不能创造出比人更完善的动物呢？

罗希决定把自己的大胆设想付诸实施——他要飞到火星上去。为此他花费了好几年的时间，付出了数不清的精力和代价，总算设计并造出了一枚火箭。

当时，俄国的十月革命刚刚胜利不久，苏维埃政权对于一切有利于人类进步事业的大胆试验，都给予充分的肯定与支持。罗希的准备工作进展得十分顺利，更令他满意的是，他还招募到了一位助手。他叫阿烈克塞·伊凡诺维奇·古谢夫，是个红军战士，经验丰富，性格爽朗，与罗希十分合得来。

一枚卵形的火箭停在水泥场地上，通过圆圆的小舱口可以看到火箭内部灯火通明。罗希和古谢夫戴上了飞行皮帽，拥抱了前来送行的首长、科学家和记者们，然后爬进舱口，坐在了各自的座位上。

"到时候了！"罗希喊了一声。

"别忘记去看看我的妻子！"古谢夫的声音有点嘶哑。

四周响起了巨大的轰鸣声，黑色的火箭头开始缓缓上升，随着一片吼叫，10米长的卵形火箭像炮弹一样冲向蓝天，它闪出一道火光，很快就消失在深红色的晚霞中。

火箭在飞行，四周一片黑暗。罗希驾驶着火箭，从小圆窗口向外眺望，除了一些闪烁的小星星外，什么也没有。

"瞧，我发现太阳了！"古谢夫叫了起来。

"那不是太阳，按它的位置应该是天狼星。"罗希纠正了古谢夫的判断。

黑暗中，远处开始出现一些模糊的雾点。火箭继续向前飞去，雾点变得更清晰、更明亮了，接着出现了陡峭山峰的轮廓。

罗希用发抖的手摸了摸调节器的杠杆，他十分清楚：火箭已经飞近了火星，现在应该降落了。

忽然，古谢夫叫了起来："啊，我看到了一条河！"火箭正以飞快的速度向河俯冲下去，罗希立即关掉了发动机，让速度再放慢一下，可是，来不及了，火箭像失去了控制似的，飞快地向地面坠落下去。

"轰！"地一声，火箭沉重地触到了地面，巨大的冲击力使罗希和古谢夫在舱里重重地栽了个跟头。

"着陆了！"罗希打开了舱门，惊喜地发现，火箭落在了一块橙黄色的平原上，一切平安无事，他们终于成功地来到了火星上。

他们站在平坦的土地上向四处张望，这儿的土色是橙黄的，零零落落长着一簇簇的树，有些地方有些石头堆和断墙残壁。远处，矗立着一些陡峭的山峰，山顶上闪耀着白雪的光芒。

"咳，到了这样一个鬼地方，"古谢夫说。

忽然，从附近的仙人掌丛里，飞起一只大鸟，"唰"地一声展开一对膜状的长翅膀，在罗希和古谢夫头上飞翔。

古谢夫从皮套里熟练地拔出手枪。

"别开枪！这不是一只鸟！"罗希看清楚了，那大鸟其实是一个具有人形的东西，他正坐在一个飞行器的鞍子上，半身悬在空中，和他的肩膀相平行的地方有两只弯曲的活动翅膀在鼓动。前面，在翅膀下有一个圆盘在不停地旋转，那是螺旋桨。在鞍子后有个尾巴，尾巴上有一个开衩的舵。整个飞行器又灵活又小巧，简直像个活的小鸟。

"喂，下来！我可不会伤害你……"古谢夫叫道，"我们是地球上来的，懂吗？该死，你大概不懂俄语吧。"

火星人渐渐飞近了一些，他的卵形的头显露出来了。头上戴着一顶长檐帽子，眼睛上套着一副眼镜。脸是赭色的，瘦长而有皱纹，鼻子很尖。他挥动着翅膀，不住地在两个地球人的头顶上盘旋。

"别嚷了！他不懂俄语，咱们坐下吧，要不他不会停下来。"罗希拉着古谢夫一屁股坐在了草地上。那个火星人降了下来，慢慢向罗希和古谢夫走来，嘴里在尖声地叫喊。

罗希用动作表示他想吃想喝，这下火星人似乎有点明白了，他从鞍子上解下一个袋子，把它扔到他们面前，然后他盘旋着升上去，很快向北方飞去了。

袋子里有两个金属小盒和一壶流汁。古谢夫打开金属盒子，一个里面装着一些胶冻，另一个装着几块像核桃软糖似的胶状食品。

"呸，他们吃的东西多么难闻呀！"古谢夫把它扔到一边，径自到自己的火箭中取来一些罐头和干酪。两个人点燃了一些干枯的仙人掌，烧热了罐头，贪婪地吃了一顿。

吃饱了肚子，罗希和古谢夫站起身，向一条小河走去。

罗希停住了脚步，他吓得打了个哆嗦。原来他发现在树叶缝隙中有一双像马眼一样大的眼睛正望着他，那神情既阴险又可怕。

古谢夫也看到了这双眼睛，他立即举起枪开了一枪。那双眼睛突然不见了。

"那儿还有一个，可恶的东西！"古谢夫又开了一枪。这时，怪物窜进了树丛逃跑了。他们看清楚了，这是个巨大的蜘蛛。

罗希和古谢夫沿着小河走到了林子旁，这儿是一片废墟，看得出原来有过一些建筑物。他们发现了一幢奇特的房子，好奇地走了进去。

在一间半暗不明的屋子里，墙上嵌着一块正方形的模糊大镜子。墙旁边有一个小球挂在绳子上。古谢夫随手扯了扯小球，不料，镜子亮了起来，镜面上出现了一些房子、旗帜、人影的轮廓，还传出一些人群低沉的嘈杂声。

忽然，一团爆发的火光照亮了镜面，雾镜不亮了。"电路断了，导线烧坏了。"古谢夫懊丧地耸了耸肩，走出了屋子。

夜晚降临了。罗希和古谢夫爬进了自己的火箭，躺下休息，不一会儿便进入了沉沉的梦乡。

一阵喧闹声把他俩惊醒，他们走出火箭，天色已发亮。一艘飞船载着几个火星人停在他俩的面前。几个火星人向他们走来。

"塔尔泽特尔。"火星人说出了像鸟语一般的字。

"地球。"罗希回答，"地球，我们从苏联来，我们是俄国人，你们好！"

火星人举起手指着太阳，"索阿泽拉。"又指着地面，双手作抱住一个圆球状，"图玛。"他又说出了几个字。

罗希通过他的手势也在向火星人传达地球人的语言。经过一番交流，罗希已弄明白了，火星人希望由他们来守卫火箭，同时邀请罗希和古谢夫乘坐他们的飞船上作客。

飞船向西北方飞去，罗希和古谢夫看着迅速掠过的荒漠和平原，一面借助手势向火星人询问每一处的名称。

渐渐地，在一片丘陵后面，出现了越来越多的建筑物轮廓，在阳光下，一座城市展现在眼前。

"索阿泽拉。"火星人自豪地说道。

索阿泽拉是火星人聚集的地方。飞船在一幢高大坚固如同金字塔般的建筑物旁降落。几名士兵围了上来，制止了大群围观的火星人。然后将罗希和古谢夫带到另一地方，这是几间明亮但并不宽敞的小屋子。罗希和古谢夫明白了，他们原来根本不是被当作客人而是被视作"危险人物"而软禁起来了。

古谢夫非常愤怒，罗希显得沉着多了。

有人敲了敲房门，走进来一个火星人，用手势请他们出去。

罗希和古谢夫走进一间大屋子。一个少女站在离门不远的地方。她的头发是浅灰色的，全身披了一件黑外衣。

"阿爱里塔。"那个火星人指着少女对罗希说。

"爱里奥——乌塔拉——格奥，"少女用柔和的声音向罗希与古谢夫致意，同时向他们深深鞠躬。

罗希向她回礼："从地球来的人向您致敬，阿爱里塔。"少女伸出了手，把手掌翻上来，罗希和古谢夫立刻看见了她手心中有个浅绿色的小球。

"塔尔泽特尔，"阿爱里塔一面用手指着小球，一面低声说道。

小球缓缓转动，上面显现出美洲大陆和太平洋的位置。"塔尔泽特尔，"她又重复了一遍。

这下罗希明白了，她已经知道我们是来自地球。他点了点头，微笑着说出了地球上五大洲、四大洋，还有许许多多山脉和河流以及国家的名称。

他们谈得很投机，罗希觉得现在他几乎可以同任何一个火星人通话了。火星人的语言远远不及地球的语言复杂。

一天清晨，罗希醒来后，独自去树林散步。他沿着小路走向湖边。忽然，他发现了坐在河边石沿上的阿爱里塔。

"阿依乌——图——伊拉——哈斯哈，阿爱里塔，"罗希自己也觉得挺惊异，怎么会如此熟练地讲这种语言。它的意思是：我可以在你身旁坐吗？

阿爱里塔转过头说："可以，请坐。"

她用一种平淡的声音问道："你在地球上幸福吗？"罗希看了她一眼，发现她的神情很痛苦。

"是的，我很幸福。"罗希回答。

"在你们地球上，幸福在于什么呢？"

"在我们地球上，幸福在于忘记自己。"

"你为什么离开了地球？"

"我所爱的人死了，"罗希说，"我有时候觉得孤独。"

阿爱里塔从黑斗篷下面抽出小手，放在罗希的大手上，碰了一碰，又缩回去了。

"我们，玛加基特尔人的后裔，和你们不一样。我从不知道幸福是什么。"阿爱里塔忧伤地说道，她的脸转向罗希，忽然笑了笑。

罗希觉得，阿爱里塔真是美丽极了。他急切地说道："阿爱里塔，把你知道的都讲给我听吧。"

"这都是秘密，"她庄重地回答，"但你是个诚实的地球人，我应该把一切讲给你听。"

在很久很久以前，地球上有个叫作百金门的城市，它是当时世界的中心。这里居住着一些伟大的氏族，玛加基特尔是其中最强大的一支。在两万年前，这里发生了地震。许多地方，地里冒出火来，烟灰充满了天空。

玛加基特尔人利用物质分裂时所产生的力量来发动自己的青铜火箭。在短短的几十个昼夜内，他们乘坐的卵形火箭纷纷离开地球，不断地向外星球迁移。很多巨大的火箭在太空中迷失了方向，有一些在火星的地壳上撞得粉碎。只有为数不多的飞船安全地降落在火星上。

从此，这些从地球迁移来的人占据了火星，几千年以后，他们同火星上原有的游牧族结合并由此产生了一个新的火星人种——索霍族。

阿爱里塔的父亲图斯库柏是火星的最高统治者。他统治这个星球已将有30年了。在过去的岁月中，图斯库柏向来拥有至高无上的权力，他的话就是法律，就是一切。可是如今，这一切开始变了，处在最下层的市民、士兵整天闹事，一些年轻的火星人穿着褴褛的衣服，到处散发传单，煽动人们起来造反。

最令图斯库柏感到头痛的是，首都索阿泽拉劳动人民推举了一位名叫郭尔的工程师来与他进行谈判。谈判的议题当然是关于如何减轻火星普通市民的赋税负担、增加工人的工资之类的内容。

"发生革命啦，全城混乱了，真带劲！"古谢夫不知从哪里弄到了一些关于最近发生的罢工、闹事的消息。他急切地要和罗希商量，恨不得自己马上也参加进去，就像他在列宁格勒参加攻打冬宫一样。

可罗希垂下头，一语不发，他深深地爱着阿爱里塔。他不愿卷进这场动乱，他希望能带着阿爱里塔离开这里。阿爱里塔陷入了更深的痛苦之中。一方面她已深深爱上了罗希，另一方面她的父亲——图斯库柏命令她害死罗希和古谢夫。

"父亲给了我毒药，可是他并不相信我。"阿爱里塔对罗希说："如果我不执行他的命令，那么我和你一样也活不了多久，除非……"

"除非我们一起离开这个鬼地方。"罗希振作起来了，他拉着阿爱里塔登上了一架四翼飞船，飞向里西阿希山脉，那儿停着他和古谢夫从地球乘坐到这里来的火箭。

古谢夫是个天生的革命狂，他早已一个人跑进了城，在众多的火星人中竭力宣传他的革命主张："同志们，我们不需要任何让步……拿起枪来，胜利属于苏维埃，是火星的苏维埃……"

起义开始了，古谢夫率领大批火星人，攻打军火库，千万个火星人得到了武器，接着他们又攻占了城市的一部分。

然而，就在这时，图斯库柏的反动军队开始反扑了。城里上空到处是图斯库柏的飞船队，他们炸毁了工人区，正准备向起义者的聚集地——工人理事会总部冲来。

罗希及时赶到了，他大声地对古谢夫说："城市被包围了，到处是图斯库柏的军队……"

这时，工人起义的领袖郭尔对古谢夫说："逃跑吧，趁现在还来得及，你们快离开火星，回到自己的星球上去吧！"

古谢夫擦了擦脸上的血汗和污泥，心情沉重地握了握郭尔的手，随着罗希离开了起义总部。

罗希和古谢夫乘坐一艘阿爱里塔派来搭救他们的飞船迅速离开了索阿泽拉，向山谷飞去。因为飞船最多只能乘坐两个人，为了帮助罗希和古谢夫，阿爱里塔留了下来，随后她被图斯库柏派来的士兵逮住了。

在逃离索阿泽拉时，罗希负了重伤，他不幸被炮火击中，倒在血泊中，浑身是血。古谢夫把他抱了起来，拖进了飞船。

一路上，古谢夫千方百计避开追击者，快到黎明的时候，他终于驾着飞船来到了火箭旁。

几十名火星士兵正在敲打火箭的壳体，他们接到命令，企图毁坏火箭，阻止古谢夫逃跑。正在这时，古谢夫赶到了，他一面发狂似的冲上前去，一面大声叫嚷："我要砍下你们每一个人的头！狗娘养的！"

那些火星人扔下武器，纷纷逃跑。

古谢夫打开舱门，把罗希抱进舱，把门关上，立即发动机器，火箭传出了巨大的轰鸣声。两分钟后，巨大的卵形火箭吼叫着，再一次升空，把火星远远抛在下面。

经过三天三夜的漫长飞行，古谢夫驾驶的火箭终于冲破了宇宙的黑暗，进入地球的大气层。

古谢夫扶起昏迷不醒的罗希，兴奋地喊道："我们又回来了，瞧，这里的一切多么美丽。"

罗希虽然神志不清，但他的心情和古谢夫一样激动。他扎着张开嘴，吐出了几个极为关键的字："注意——速度调节器——不要——放在——零位上，要自由减速——"

1922年6月3日，古谢夫和罗希的火箭平安地降落在美国东北部的密执安湖畔。据当日的《纽约时报》报道：成千上万的人群，拥向火箭，以争睹火星旅行归来的勇士为一快，盛况空前。

（李名慈　改写）

太空神曲

〔苏联〕彼得罗维奇·卡赞采夫

　　拉托夫带领了一个考察组飞往火星。行程中，航船控制系统的一部喷气式推进器出了故障，航船再也不能返回地球了。为了纪念这位杰出的宇航员，人们建立起拉托夫纪念像：一张大理石座椅，一条大理石围带，系住一尊大理石的飞行员。飞行员仿佛正从失去归宿的航程上，忧戚而深沉地眺望着……

　　虽然他久已离开人世，但他还活着。航船上制造人工食品的设备还可以运转许多年。这段时间里，宇航员们深知自己必遭灭亡的结局，但仍然继续向未知的星球飞行。

　　拉托夫考察组曾竭尽一切可能保持与地球上的联系。由于离地球越来越远，航船上远程电波发射器发出的信号逐渐衰减，甚至高灵敏度的射电望远镜也越来越难以觉察到了。拉托夫发回的最后一份电信的收录人员中，有他的儿子阿尔谢尼。他听着逐渐消逝的亲人的电波，心都碎了。站在他身边的是他的朋友柯斯嘉，也是一位无线电天文工作者。他们两个人都十分清楚：派一个救援小组是不可能的。俗话说，大海捞针。但是，大海捞针比起在广漠浩渺的苍穹中去找寻这粒微尘也还要容易些。

　　阿尔谢尼沉痛地忍受着这种不幸的折磨，立誓完成父亲未竟的星际探险的伟大事业。为了把射电望远镜的灵敏度提高百十亿倍，他提出了近地宇宙全球天线的设计。无线电天文台领导人施洛夫教授是位曾经提出过多项科学设想的著名学者，但是，当别人提出设想时，他总是受不了。柯斯嘉曾戏试地将教授比之为古俄罗斯目空一切的一位大公，此公因为颈椎骨粘连的毛病，脖梗从来不能向前弯。这次审查通过阿尔谢尼的设计时，他仿佛使足了劲，才使灰白脑袋点了一下。

丧偶不久的施洛夫教授，早就有意于年轻姑娘维琳娜，维琳娜却有意于在体育馆偶然相识的阿尔谢尼。当时维琳娜在钢琴上弹着即兴的乐曲给练习自由体操的妹妹阿文诺莉伴奏，阿尔谢尼在隔壁一间屋子里练习举重。他正把扛铃拎起来，提到胸前，准备"挺举"，一阵乐曲声传来，猛然间一用力，打破了举重记录。他认为是音乐给了他帮助，便跑向邻室，钢琴家正是维琳娜。她体态匀称，动作娴雅，有着明净的前额和一双安详的绿玉般的眼眸。那眸子里射出的令人慌乱的专注的眼光，使阿尔谢尼顿时失去了说话的本领。他们一见钟情，几天之后，两人并排走着居然挽起了胳膊，气坏了在场的教授。

一天，阿尔谢尼从全球天线上收听到了父亲的声音，维琳娜听说这一消息，也十分激动。可是不久，他们的关系又变得扑朔迷离了，阿尔谢尼尽量回避着维琳娜，原来他向往着星际飞行，不忍心牵累自己心爱的姑娘。

全球天线收听到地外文明世界的呼唤，语言学家卡斯帕亮破译了"天籁神曲"。人类在宇宙中决非独一无二的智慧生命。列勒星距离地球23光年，全部往返航程，按星际航行的计时方法，共需飞行5年，根据相对论中有关时间反常的学说，一去一来，地球上则将度过50年。阿尔谢尼航天归来时才30岁，但是维琳娜则将成为70多岁老态龙钟的老太太了。难道他能让自己挚爱的姑娘经受如此不幸吗？

阿尔谢尼的冷漠像尖刀扎心一样使维琳娜十分难过。当她了解到真实原因后，心头顿时敞亮起来，更感到阿尔谢尼品质的高尚。她下了决心，为了纯真的爱情，愿意牺牲这一生中余下的时光。年轻人听从激情的呼唤，他们立即举行了婚礼。

阿尔谢尼出发了，临行前，他请求妻子维琳娜从健康出发，不要去宇航中心送行。"照料好小家伙。"这是他最后一句嘱咐。维琳娜凝视着丈夫闪着喜悦光彩的眼睛，极力微笑着。只有母亲和外婆才会知道，她为了这个笑容，得付出多大的代价。

阿尔谢尼步履沉重，头也不回地走出家门以后，维琳娜也晃晃悠悠地迈着快步，跑到自动电管车上，赶往宇航中心。她在郊外采石场的山脚下停了车，沿着泥泞的林间小路爬上山岗，遥望离开支架飞腾而去的火箭，直至完全消失。她眼眶里噙着泪水，身子晃动了一下，摔进了采石场的坑口，昏了过去。当她在医院里醒来，只见外婆咬紧嘴唇，嗓音喑哑地说道："失掉的是个男孩……男孩。"妈妈用责备的眼光看了一下外婆，搂住了放声大哭的女儿的头。

借助于全球天线，在无线电天文台，维琳娜与"生活号"宇航船上的阿尔谢尼进行了一次屏幕上的会晤。屏幕上，阿尔谢尼气喘吁吁地奔过来了，维琳娜一把抓住软椅的扶手，唤了一声"阿尔谢尼"，再也说不出话来。坐在维琳娜身后的施洛夫教授皱起眉头。维琳娜努力控制住自己，讲自己怎样摔倒，又讲到将来的儿子，将来的孙子，这位孙子将会迎接"跟自己同年的"祖父天外归来……施洛夫耸了耸肩膀，不客气地说："当代最先进的无线电设备，竟然是为了用来传递这类'情报'的吗?!"当然，教授没能看到维琳娜的眼睛，他们更用眼波来交谈。阿尔谢尼从她脸上生动的无言的电信中，读到了任何书面信件都无法表达出的内容。她默然地凝望着屏幕，告别阿尔谢尼的仅仅是投向他的一道惜别的眼光。"飞吧!"她耳语般地悄声说道。阿尔谢尼最后说："再见吧，亲爱的! 我全明白了，比起你来，我要舒坦一些。"维琳娜哭了。关机以后，她对阿尔谢尼的友人万尼亚说："我对他竟也说了谎话，摔伤之后，我们的孩子没有能保全。"万尼亚说："这是神圣的谎言，只有心地坚强的人才能做到，您给了他安心远航的可能。他说得对，您的日子比他要艰难得多。"

冬天，维琳娜又来到无线电天文台，万尼亚给她朗诵了描写睡美人的诗歌，一个新的主意激励着她直奔生命研究所，来到著名的罗登柯院士办公室。院士猜出她的心事："您打算冬眠半个世纪，等待那位心上的王子。"她默默地点了一下头，"请您跟我多谈谈冬眠了7年的大狗拉达的事儿吧，我正想接替它在玻璃密闭室里的位置呢。"第二天，她来到实验室等待实验结果，被催醒过来的大狗拉达龇牙咧嘴，咆哮着扑向罗登柯，院士做出判断："狗大脑内发生不可逆过程，醒过来的已经不是入眠时的生物了。"维琳娜用一种喑哑的似乎是别人的嗓音说道："醒来了，但是什么也不知道了，这比死亡还要糟！"试验的狗死了。她已经无法指望从这条路上走向将来，走向她的阿尔谢尼，那么，就用时间反常的规律来战胜时间反常的规律——她也要飞往太空。

负责准备第二批星际远航的威耶夫告诉她，最近就要公布飞往艾当诺行星的计划。艾当诺在猎犬星座，阿尔谢尼正在飞向列勒星，在天蝎座。到达艾当诺行星的航程是22光年，在近光速飞行中一去一回，得在飞航中度过5年。两组探测人员在分别六年半之后都从天外归来，回到地球上的时候，年岁相仿。

维琳娜懂得，参加航天飞行的人，只能是航程中必不可少的人，不能单纯为了爱情去创立功勋，只能为了科学文明去历尽艰辛。为了成为一名合格的宇航员，就必须在剩下的一年半时间里，掌握宇航员需要多年学习的全部教程。

维琳娜发狂地学习，全家人都陷进了苦海，母亲甚至病倒了。她在母亲床前看护，手上还拿着一本书。白天的时间不够用，她想起了睡眠教学法（睡梦中记忆的学习方法）。她在一个晚上带回家一盘物理讲稿的录音带，打算夜梦中学好几个章节。

当得知荷兰学者金·卡切正进行一种大胆的试验：唤醒应诊对象大脑中的祖先的忆记时，她两次飞往荷兰，经受两个疗程的试验。父亲评价她得到的不仅是祖先的记忆的综合，而且是先辈们天资的总和。

维琳娜由威耶夫领到操作台前，自己按动电钮，测验仪开动起来……考试通过了，她成为获得物理、数学博士学衔的科学家。维琳娜身着"银河"色美丽服装，神情振奋，带着地球上的一束小草登上了"生活二号"星际航船。

这时候，在"星际冬眠"了两年多之后，"生活号"星际航船指令长决定派一艘宇宙渡船，把三人探险小组送上列勒星球：阿尔谢尼是负责人，生物学家兼医生库兹涅佐夫负责研究行星上的生态，卡斯帕亮随带电子翻译器，尽可能地跟外星人取得联系，找到"共同的语言"。

他们踏上地外文明星球上陌生的土地，生物学家的运气好，第一个看到这星球上的动物（看外形，有些像海豚），并由他命名为"艾诺"（单词"神奇的"第一个字母的读音）。他们又发现从丛莽中鱼贯地走出一长串身着白色长袍的直立行走的生物，生物学家命名为"艾姆"（单词"有智慧的"第一个字母），因为他认为它们穿着衣服，这是讲究文明的标志。开始，艾诺生活在水里，长成艾姆后就开始栽培植物，培育活体组织供食用以及制造机器用。

艾姆扁圆的特大眼睛里横卧着裂缝形的瞳仁，这是能接收和发射电波天然狭窄频带的光波接受器。他们身材低矮，走路像企鹅似的一摇一摆，生有四肢，长长的鼻子该算是第五肢了，他们用鼻子来打手势。

地位特殊的艾姆，生物学家管它叫特艾姆，跟地球来客进行了会谈。不久，"文明艾姆"做出决定：艾姆们与宇宙间进一步联系活动，一定得有位地球来客参加。阿尔谢尼跟艾姆们共同生活了几个月之后，告诉特艾姆，自己不能再和艾姆们待在一起了。星际航船能不能顺利返航，将取决于在航程中是否和太空加油车及时相遇。所以说，航行预定日程是一点儿也不能耽误的。

特艾姆不理睬。反常的异怪世界包围着阿尔谢尼：变体的蝾螈、"蚁垤"般的蜂房、"远距窗口"以及各种各样的活体机器……他猛然冲向特艾姆的住房，但他在门槛上愣住了，站在他面前的是一个活泼的美貌姑娘。她对阿尔谢尼说："我曾经是被你们唤做特艾姆的，变形之后，我成了长翅膀的雌艾勒，如果你没有出现在我的生活途程上，我会为自己挑选一个普通的雄艾勒，拥抱着飞行，翱翔在大海上，然后在海底产子，新生的小艾诺便出现了……可是，你改变了我的命运，我带你一道飞，为的是你能返回地球。"

阿尔谢尼拥抱住挥动起巨大翅膀的特艾勒，赶到火箭上，与库兹涅佐夫、卡斯帕亮会合。他们向滞留在运行轨道上的星际航船发出电报：全部人员正在飞返。

再说阿尔谢尼的父亲拉托夫宇航船在太空中迷失后，三位宇航员决心在失去归宿的航程中坚持到最后一刻，但华列里终于坚持不住了，他在精神错乱中毁坏了"食物制造机"，并把备用燃料排放到太空里了。它像是彗星拖曳的光带一样拖在宇航船后面，被地外星球上智慧生物的宇航母舰发现了，它们发射出的紧挨着的三个飞碟向拉托夫的宇航船飞来，把它尾舱朝前地押送着，离开了太阳的引力场，三位吃尽了苦头的宇航员终于登上了前来救援的墨西哥人航天器。这时，拉托夫才得知了对他来说是个很沉重的消息：他的儿子阿尔谢尼参加了历时半个世纪的星际航行。

不久，拉托夫又组织了一次新的星际探险，他们乘"地球号"真空能星际航船，寻觅适合人类居住的地外行星。第一批降临未来人类居住的星球——盖雅星，有火红头发的波兰姑娘夏娃和年纪最轻的鲍里斯。在探测中，不幸一束炫目的黑色电矢击中了鲍里斯。他们为盖雅星球上的第一个死难的人兴建起纪念的标志。

而维琳娜乘坐的"生活二号"星际航船，来到艾当诺星球，寻觅曾向地球发出邀请电的文明友人。他们发现这是钢铁机器人的世界，一辆坦克形控制器，张开一柄巨钳把维琳娜钳到半空中——仿佛打量着一只昆虫似的，转眼间就能扯下这捕获物的脚爪和翅膀，维琳娜忍不住地尖声叫唤起来。威耶夫发觉自己也被坦克的控制器凌空举起，他赶紧摸到胸前的电子翻译器，向艾当诺星上的智慧生物，用超声波信号联系，他们听懂了。两辆坦克同时把地球来客放置到地上。在这冰冻的陆洲上，长生不死的智慧生物把自己的器官用假体改装过了，他们借助于机器进行新陈代谢。只有在青春岛上，才有越来越少的未换成机器的智慧生物。

维琳娜的到来，给活着的青春岛居民打开了眼界。他们认为像维琳娜那样蕴含着祖先的记忆代代相传，才是真正的永生，而不愿置换成毁灭了祖先记忆的长生不死的机械器官。一个被维琳娜取名为安诺的艾当诺星人，想学会地球上催醒祖先记忆的方法，以便运用到他们星球上来，他表示愿意随维琳娜一起飞向地球。长生不老者没有表示异议，他们和地球来客一致认为，安诺的地球之行，是两个文明世界的友谊象征。

阿尔谢尼乘坐的"生活号"星际航船在返航途中，由于耽搁了三分钟，拉下了五百万公里，错过了与太空加油车的会合点，航船缺乏足够的燃料，只得在原先的运行轨道上，无休止地做环状飞行。后来，阿尔谢尼突然收录到来自地球的电信通知：太阳系外的宇宙空间还有一艘"地球号"星际航船，它还没有飞离盖雅星。唯有这艘航船可能追上"生活号"，因为它不受燃料储备的限制，直接从宇宙真空中取得能源。地球回答阿尔谢尼的疑问：真空是物质，它是物质存在的一种形式，并且可以提供能量。这是半个世纪之前，我们地球上的伟大物理学家维琳娜的发现，她作为一位天文航行学家参加了"生活二号"的星际航行。

一个新的消息又击昏了阿尔谢尼。原来"地球号"星际航船的指令长竟然是他的父亲……

"生活二号"的宇航员和艾当诺星人返回地面。迎接维琳娜的妹妹阿文诺利已是头发苍白的老妇人，作为水利应用专家，她曾在水下生活很久，甚至她的儿子也是出生在水下的小屋里。

"我是拉托夫！我代表自己的儿子向您表示欢迎。"一个头发苍白的男人说着，向维琳娜伸出一只大手。维琳娜惶惑地小声说道："航船不是失去归宿了吗？您是怎样飞回来的呢？"

"'飞碟'作业。我没有衰老是因为飞航到盖雅星上去了一趟。最近正在开始向盖雅星球移民的工程。到盖雅星的远航是由'地球号'真空能星际航船完成的。我们以您而自豪，这是您的发现。"

阿尔谢尼在"生活号"星际航船上终于收到了电报通知："地球号"开始追赶浪迹太空的同行们了，他们即将摆脱灾难，转危为安。

维琳娜来到莫斯科近郊她十分熟悉的宇航中心。在这里，半个世纪前，她跟心上人分别了。如今，她来迎接自己的阿尔谢尼。他第一个走出舱门。

阿尔谢尼和维琳娜默默地拥抱在一起，仿佛化成了一对石像，如同古老的歌曲里歌唱的一对渔民夫妇。

宇宙飞船中的怪物

〔奥地利〕弗兰克

我们正从泼西16号返航，已顺利地走完了2／3的旅程。这时，一件倒霉的事发生了。宇航员最害怕空气更新装置失灵，可偏偏被我们碰上了。用钙粉制成的催化剂在不断地减少，谁也说不清它究竟跑到什么地方去了。没有钙，就没有办法把二氧化碳还原，我们又找不到代用品，氧气最多还够用三天。

威利寸步不离地守着热探向器，可是要找到一个有空气可供呼吸的行星系几乎是没有希望的。船长从不隐瞒任何事情，大家十分信赖他，知道了真实情况后，每个人都表现得很出色，一声不吱地回到自己的工作岗位。突然，威利的叫喊声响彻飞船："在我们前方有个东西！"果然，荧光屏上有个浅色的小圆片在移动，大家立即松了口气。"这样一个小小的天体，能帮得了我们什么忙呢？"船长泼冷水说，"我估计是一块不大于一立方公里的荒凉岩石。"我们迅速地向它靠近，它的表面已能辨认了。不过这玩意儿真怪，通常在宇宙中乱窜的这一类不速之客大多是奇岩峻岭，裂谷纵横，或呈圆形和椭圆形，这个东西却不然，看不见任何光光的棱角。"那儿有一个标志！"胖子斯莫奇激动地喊道。他没有看错，有三个白色箭头全都指向一点，大家顿时紧张起来。"这是一艘宇宙飞船！"船长最先下了判断，大家欢呼起来。两艘飞船会合了，威利连忙穿好宇航服，进入对方的飞船中去，不一会儿，从送话器中传来他兴奋的呼叫声："空气！"

我们转移到这艘飞船上来。令我们惊异的是，这艘飞船不仅有足够的空气供我们呼吸，而且装饰豪华，大大小小的房间里布置得像好莱坞别墅一般，各种摩登家具和地毯应有尽有，令人目眩。只是鱼缸里的鱼都是死的，各种好看的观叶植物也都奇怪地萎缩了。另外，整个飞船见不到一个乘客。遇到这种令人难以置信的喜事，船长显得心事重重，他命令我们在入口处附近的几个房间里住下，未经允许，谁也不准擅自离开。我们搬来一些食物，便舒舒服服地安置下来了。

第二天，船长开始在飞船中仔细巡视，每次总是带着两个人，以便每个人都能轮到。我和胖子斯莫奇是第一批，我们非常高兴能去侦察，因为好像在漫游一个个优美的风景区。在这些房间里，我们看到了一些类似的情况，有几样东西引起了我们的注意：几个容器已分解成粉末，几面镜子变成了不透明的松脆的东西，几乎所有房间的图画都有几种颜色发生了分解，凑成一幅幅怪诞的图案。

船长找到了导航室，从导航系统看，这艘飞船的建设者甚至比我们还要高明。我们在飞船最靠里面的房间里巡视时，看见里面摆着一排排干枯的仙人掌。船长突然站住脚，让我们留神，胖子斯莫奇立即感觉到有一种奇怪的穿堂风。"对，就是它，"船长说，"它从我的全身穿过。"船长觉得身体里好像产生了一种低压似的，一种绞动的、抽吸的感觉。不过并不难受，甚至连不舒服的感觉都没有。船长用询问的目光看着我，而我，确实是什么也没感觉到。看来情况一定比他们说的还要严重得多，就在船长下令返回，快要走到我们的住处时，胖子斯莫奇的一条腿无缘无故地折断了。

倒霉的事情并没到此结束。不久，我的伙伴们有的诉说没有力气，有的说没有胃口，还有的说肌肉酸痛等等。人们变得越来越烦躁不安，一点小事就能吵起来，甚至最乐观的杰克也丧失了信心。医生弄不清是什么原因，只是摇头。船长嫌饭菜不好吃，火气很大，把厨子臭骂一顿。杰克为了缓和气氛，故意打趣说："有适合胃口的饭吃总比没空气强嘛！"说着友好地用手轻轻地捅了船长一拳。不想船长一下子倒了，我们原以为船长是在开玩笑，等醒悟过来，发现他的肋骨断了三根。

船长不能领导巡视了，只好把这任务交给威利。威利第二次观察时弄回了一些打孔带，这是某种文字的标志。船长很快把它翻译出来，我们终于获悉了这艘飞船的情况。原来，我们乘坐的这艘飞船本属于一个巨大的、正在进行迁移的宇航船队。当时在这艘船里有一百万个生物，在航行中，他们陆续发生了疾病，并已转移到其他的飞船。原因是什么，一时还没弄清楚，好像这艘飞船里有个叫作"吸钙怪"的东西。

我们大家面面相觑，不知所措。医生恍然大悟，马上拿着医疗器械，跑到病情最严重的斯派克那里抽血化验，发现他的钙含量已远远下降到最低值以下。"缺钙，"医生大口喘着气说，"现在我才明白，为什么我们的骨头会折断，牙齿会松动。"医生决定亲自管食谱，拟定高钙菜单。此外，每人都要吃钙片。

病因总算找到了，然而我们的情况并不乐观。第二天，一个观察小组没有回来，船长打发我和西里尔去找。我们一个个房间去找，每开一扇门，总觉得有什么东西藏在门后窥视，不免心惊肉跳。西里尔说他浑身上下有种奇怪的抽疼感，我仍然没有任何感应，但见他越来越难受，便建议他回去。就在这时，我们找到了失踪的侦察小组。只见胖子他们一个个躺在地上，好像割倒的庄稼，疲软得出奇。胖子斯莫奇的脸已不成形，活像一块肿胀的海绵，他半闭着眼睛，嘴唇费力地一张一合，断断续续地说着："一个生物……一个动物……它……"

我和西里尔惊愕地互相看着，不知怎么办好。忽听旁边屋里有种声音，我拔出手枪，猛地拉开门，只见一个长条形的类似温室的房间里，满是枯萎的观叶植物。房间里有什么东西在旋转、移动，蜿蜒爬行。这东西只露出一部分，像是一堆乱糟糟的银灰色的蜘蛛脚或触须之类的东西。西里尔一声呼唤使我转回身去，他面色苍白地靠在墙上，也快不行了，我赶紧扶着他往回走。当我们回到住处时，又一个可怕的消息在等待着我们：一大堆食物已经被分解，而且正是那些含钙量最丰富的食物。

由志愿者组成的小队把胖子他们救了回来。胖子他们一个个昏睡着，怎么也叫不醒。志愿者们虽没碰到那个怪物，但都是一副疲惫不堪的样子。船长召开了紧急会议，会议的结论是宇宙飞船内有个以钙为食的怪物，它能从周围环境中摄取钙。为了自卫，决定把怪物藏身的房间炸掉，或设置复杂的陷阱……我心不在焉地听着，看着同伴们一个个难受的样子，各种各样的想法在我的脑海里翻腾，我是唯一见到那个怪物的人，偏偏我感觉良好，没有一点事……种种结论汇集到一点：我不是一个真正的人！这个结论如得到证实，我将是可悲的，但对我的伙伴来说也许意味着得救。

我悄悄地退出会场，偷偷来到医生的实验室，找到一根像织针一样长的注射针头，把它插进我胸骨下面的皮肤。我竭力克制自己，慢慢地把针头朝斜上方扎，我的反应和正常人一样，心在跳，额头不住地冒汗。但是我终于心里有数了，因为在大约五厘米深的地方，针头碰到了某种坚硬的金属。我不必再犹豫什么，生命对于我已无足轻重了。我从储藏室拿出一支脉冲枪，钻进飞船的深处。干枯的植物气味从没有像现在这样难闻，豪华房间的死寂从没有像现在这样令人感到压抑，但是，我也从没有像现在这样清醒地知道自己的使命。

我长时间地在飞船深处的房间里寻找那个吸钙怪。在一间精美的房间里，我看见了被推到一边的椅子，撞翻的花盆，仔细倾听，有一种拖曳和抓扒的声音。我端着脉冲枪，蹑手蹑脚地朝发出声音的方向走去，那里果然有一团银灰色的、乱糟糟的东西。这怪物硕大无比，长着无数个触角和触须，还有成千上万个类似蜘蛛腿的胳膊和腿脚。在怪物身上的某个位置，还露出一个像凹面镜似的东西，这东西对准我，我却毫无异常感觉，这说明怪物不能从我身上摄取钙质。我连忙扣动脉冲枪的扳机，奇怪的是没有脉冲出现，我又使劲按了按，仍然什么也没有。我明白了，我的武器是靠锗——硫化钙——阴极工作的，它早已被破坏了。一阵狂怒使我浑身发抖，我扔掉脉冲枪，抄起一把椅子，不顾一切地猛砸过去，不一会儿那畜生就被我弄得碎尸万段。我干掉这个可怕的神秘家伙并没费多大的力，然而由于神经过于紧张，情绪过分激动，我被搞得精疲力竭。

四个小时之后，我回到住处，船长大发雷霆。我告诉他吸钙怪已被我消灭了，他才不作声了，大家兴奋地跑去看怪物。看到他们回来时快乐的样子，我才体验到了什么是幸福。饱经忧患的整个机组都把我看成自己人，只有船长坚持要处罚我，"对于我来说，处罚一个人，从来没有像现在这样难堪，"历来处事果断的船长自我解嘲地说，"但是，你必须理解，我罚你三天禁闭，因为你未经允许就离开了我们。"

处罚对我无关紧要，重要的是什么也没让他们知道。我喜欢他们，也希望他们一直喜欢我。如果大家知道我是一个在心窝里装着正电子电池的机器人，这事可就难说了。

异星探险

〔美国〕波尔·安德逊

约翰·罗兰辛住在第58层的旅馆里，他站在窗边，鸟瞰着夜色中的基多城。

已近半夜，这时分，将有一大批火箭发射升空，罗兰辛希望能欣赏这景色，它是太阳系里相当出名的奇景之一。他付了双倍的价钱来租这间面对着太空港围墙的房间，尽管房租是由拉格兰治探索协会支付的，但他心里仍有点过意不去。

他的童年是在阿拉斯加一个偏远的农场中度过的，经过艰辛奋斗才读完大学。作为一个穷学生，能念完大学，取得学位，全是靠奖学金和勤工俭学才能完成的。接着就在月球天文台工作了多年，他从未这样奢侈过呢。不过，在要到太阳系以外无尽的黑暗中去探索之前，他倒要先看一次基多城太空港半夜的奇景才甘心，说不定他再也没有另一次能看它的机会了。

就在这时，电话铃轻轻地响了起来。

电话屏幕上现出一个面孔，这是个不易记得起来的面孔，圆滑丰满，狮子鼻，一头稀疏的灰发，身体似乎又矮又壮。

在月球城，每个人都是互相认识的，到地球来旅行并不多见，罗兰辛根本不认识这打电话来的陌生人。再说，他不习惯地心吸力和气候变化。

他感到有些失落。

"是罗兰辛博士吗？我是爱德华·艾维尼，是政府人员，也同时是拉格兰治探索协会的人员，是两者之间的联络官，我将以心理学医生身份参加这次探险……"

他们约定一会儿见面，艾维尼把自己住的旅馆告诉了他，就挂断了电话。

这时，一阵低沉的隆隆声穿透房间，火箭发射啦！只见太空港的围墙好像地球的边缘，在灯光下一片黑色，一艘、两艘……十多支金属的长矛，带着火焰，发出雷鸣，腾空而起，月亮在城市的上空，好像一个寒冷的盾牌……不错，这奇景确实值得一看的。

罗兰辛乘上空中轿车，转瞬就来到了另一家旅馆，他来到要找的套间，在门口说了声"罗兰辛"，门就应声为他自动打开。他步入接待室，把具有内热设备的外衣脱下来交给机械人，接着就见到了艾维尼。

艾维尼个子的确很矮，罗兰辛跟他握手时，得低头来看他，他的年纪大约有罗兰辛的一倍。

寒暄之后，艾维尼把一位火星人介绍给罗兰辛，同船去特罗亚星探险。

这位火星人高大瘦削，轮廓粗犷，他的面孔棱角分明，鼻子和下巴突出，剪得很短的黑发下，是一对不好相处的黑眼睛。

"这位是贾普·唐敦，在新锡安大学任教，是个物理学家、辐射学和光学的专家。"

贾普·唐敦是很有才能的，是物理界的权威人士。在安排这次探险的人员时，对于唐敦反对的人，艾维尼都不得不做出让步。

唐敦走后，罗兰辛和艾维尼谈到了在他们之前的第一次特罗亚星探险。

第一次探险队下落不明地失踪，是7年前的事，关于这第二次探险，也准备有5年的时间了。

"准备工作出现了很多困难和差错，并且还出现了破坏。"艾维尼说。

"破坏?!"罗兰辛吃惊地问了一声。

艾维尼道:"只因为有一个人冒死坚守岗位,太空船'赫德逊'号才不至于完全损失掉。随着每次失败,公众对于向外星移民的思想越来越反感……幸好协会的首脑,还有韩密敦船长和其他一些人,顽强地坚持下来。"

"谁搞破坏呢?"罗兰辛又问。

"不知道。这正是我们这次去探险打算弄个水落石出的问题。"

看来,是有人或者某些东西不希望人到达特罗亚星去,可这是谁呢?为什么这样呢?

我们能找到这问题的答案吗?能把这答案带回地球来吗?第一艘探险船"达伽马"号,它的仪器装备跟这次一样好,也跟这次一样载了人去,就没有回来。

不管怎样,"赫德逊"号还是出发了。

罗兰辛在细看着一份小册子,那上面写着:"自从发明了超光速曲相飞行后,在很大范围内,星际之间的距离,已几乎变得没有意义了。飞过十万光年所需的时间和能量,并不比飞过一光年多多少。很自然的结果是,一旦探察了最近的几个星球之后,太阳系的探索者就开始对宇宙中最感兴趣的星球进行调查研究了,即使找寻一个跟地球相似的星球来移民的希望告吹,其收获,以科学知识来说,仍是很可观的……"

罗兰辛将小册子放下,叹了口气。他几乎可以把它背出来了。是的,太阳系挤满了七十亿人口,正急于找寻出路去处。火星、水星和木星等几个星球都已经移民,但是耗费极大,付出的代价与收益相比较,实在是得不偿失。

"达伽马"号出发,离太阳系而去,两年后,人们彻底失望了,很少听到人们谈论新的星球了,人们越来越依赖这老迈疲乏的地球,把它当做他们唯一的家园和唯一的希望,永远这样过下去……

现在，太阳总算是落在他们后边二十亿公里了，小得只像在雾霭中的一颗发亮的小星星，他们终于些超光速进入曲相的飞行。

无论从时间上，还是距离上，这次飞行都是相当漫长的，转眼一个月过去了，这只有在钟上看得出来，其他都没有任何变化做标记，困在这没有时间观念的生活中，他们现在只有等待。船上共有50人，有太空人，也有科学家，他们都在消磨着这种空虚的时间，考虑着曲相结束时会遇到什么。

艾维尼和工程师土耳其人凯玛尔在下棋；地质学家迈克尔·菲南迪兹是乌拉圭人，他个子不高，皮肤棕黑，是很活泼的年轻人，正坐在那儿拨弄吉他；在他旁边是唐敦，正在看书。

罗兰辛走到凯玛尔身边，观看他下棋，凯玛尔皮肤黝黑、矮胖粗壮、脸膛宽阔、鹰钩鼻子，性格鲁莽粗野，常常固执己见，但罗兰辛很喜欢他。

凯玛尔在艾维尼的步步紧逼下，整个战局走向危机。这时菲南迪兹又拨响了他那不熟练刺耳的琴音，凯玛尔顿时火冒三丈，他俩争吵起来。这时，费德利克·冯·奥斯丹醉醺醺地走过来，也加入这场"战斗"，他是作为主枪炮手加入这艘太空船的。唐敦也站在凯玛尔一边说话，罗兰辛和艾维尼的一切劝解都是无效的，最后导致凯玛尔和菲南迪兹拳脚相加，难解难分。

"你们在搞什么鬼呀？"

随着一声呵斥，韩密敦船长出现在大家面前。他是个高大的人，魁伟结实，虎背熊腰，神态稳重，在布满深纹的脸上，是一头浓密的灰白的头发。他穿着一身蓝色的军便服，这个联盟的巡逻队的后备军人，整齐得一尘不染。他正常时那低沉的语音，已变成了军官式的怒吼，他环视着大家的目光，冷得像铁一般。

所有的人都安静下来，威严的韩密敦船长一顿令人折服的训斥后，宣布对在场的人禁闭一天！

天空是一片令人难以置信的景象。

"赫德逊"号绕着特罗亚星，在四千公里外的轨道上飞行。特罗亚星的伴星伊留姆星看去差不多四倍大于地球所看到的月球，它的边缘被稀薄的大气弄得含糊不清，死海床粗糙的遗迹使发蓝的球面斑斑驳驳。这是一个细小的星球，未老先衰，无处可供移民居住；但对于特罗亚星的人，却是一个易于到达而矿产丰富的星球。

特罗亚星在窗外巨大无比，充塞了近半个天空，你可以看到它上面的气流、云层和风暴，它的白昼与夜晚。冰雪掩盖了它表面的三分之一，是一片刺眼的白色，而刮风不息的海洋是一片蓝色。

特罗亚星在赤道地带呈现一片葱绿，由深绿色向南北两极慢慢变淡，化为棕色。湖泊和河流，像银丝一样密布其上，在两岸有着高大的山脉，嵯峨高耸，若隐若现。

在太空船上，人们思索着，观察着，记录着，特罗亚星上的一切图景都记录在案了，可就是没有发现"达伽马"号的一点踪迹。大家进行着各种猜测，最后又都被一一否定了。

罗兰辛受命带领几个人绘制特罗亚星的地图，地图非常精确，各处都有命名。

罗兰辛知道，一个新的陌生星球，必须很小心谨慎地去接近它，不可操之过急。

四艘着陆船从"赫德逊"号飞下，向特罗亚星飞去，一行共40人，留下一批基干人员在太空船上，使其保持在它的轨道上运行。

着陆船降落在被命名为斯卡曼达河附近几公里远的地方，这是一个有着一些树丛点缀的宽阔草原。

化学家和生物学家把机械人放出船舱，取回空气、土壤、植物样本进行化验；把一笼猴子放置在船外一星期，这期间没一个人离船外出，船外的事情都由机械人来办。

机械人采来可食植物，这食物的味道是无法形容的，有点儿像姜，有点儿像肉桂味，也有点像大蒜。

有时，可以望见动物，大多数是细小的体形，在长长的草丛中走过；也偶尔有较大的四脚兽出没。

大家在着陆船上焦躁地等了一星期，把外面的猴子拿进来进行检查解剖，分析之后，得出结论：人类可以走出着陆船，踏上特罗亚星的土地。

韩密敦船长把太阳系联盟的旗帜插在这片土地上。这里一片沸腾，打井建房，两天后，营地就建成了，各种必要设施一应俱全。

这里经常都是光亮的，有青色的和白色的两颗日星照耀，也从那巨大的伴星的巨盾上反射过来光线，在高高的天上，众星燃烧着令人难以置信的光烁。

在这星球上，有些植物是带毒素的，有两个人仅仅是走路时擦过它们，就出了一身疹子。这里的所谓树木，都是些低矮结实的小树丛，用斧头很难把它们砍倒，须使用原子热能火焰喷射锯将它们锯掉，根据它们的年轮来看，已生长了好几世纪了。

在这星球上，狩猎是相当容易的，没有一种动物曾经见过人或猎枪，它们看见人竟好奇地走近，结果就成了猎获物。

这地方气候比较适宜人生存，也很宁静，只有风雨雷电的声响，遥远处传来一两声野兽的吼叫，天上有拍翼的声音，一种近似原始的氛围。

这星球每一天是36个小时。这样过了12天，接着外星人来了。

望远镜以顺时针方向转动，突然发现有形象在视野中活动。

冯·奥斯丹大叫一声："集合！"然后他拿起内部通信联络系统的话筒："所有人注意，在全部防御点候命。韩密敦船长在哪儿？请通话！"

"我是在一号船头上，他们看来似是……智慧生物……是吧？"韩密敦马上就回了话。接着命令道："做好准备，火力要盖住他们！不过，没有我的命令，不准开火，甚至在他们向我们开火的时候。"

警报提高到一个新的调子：全体戒备！

难捱的一个钟头过去了，外星人正很接近地向营地走过来。

两群"人"对峙着。

那些外星人像人一样用两腿直立，不过微微向前倾，这样使他们一米七十多的高度降低了十来公分，一条像袋鼠似的尾巴，保持着身体的平衡；他们的手臂相当瘦削，五只手指呈对称状长着，每一只手指都比人类多一个关节；他们的头部是圆形的，有着两只长满簇毛的长耳朵，扁平的黑鼻子，突出的下巴，在黑色阔嘴嘴唇的口上有着颊须，一双金色的长长的眼睛。

他们穿着宽松的罩衫，脚上穿着松毛皮靴，腰间围着皮带，挂着两个小袋，一柄刀或斧头，还有一个大概是火药筒的东西，在他们背后背着细小的背囊，手中握着长筒状的东西，可能是滑膛枪。

他们其中的一个讲话了，那是带着很重喉音的呜呜的颤音。

韩密敦对同伴说："他们的行动不像是个战斗的队伍……艾维尼，你是个语言专家，你能弄清他们讲的是什么吗？"

"不……还不能，"艾维尼这位心理学家满脸流汗，讲话也口吃起来，"他们……讲的是……独特的语言。"

罗兰辛觉得奇怪，艾维尼干吗这么紧张呢？

"他们的行动像……嗯，我也不知道像什么，"韩密敦说，"除了一点我敢肯定，他们显然并不把我们当成是从天而降的天神。"

菲南迪兹说："他们是从哪里来的呢"这星球并没有城市，没有道路，甚至连一个村子都没有。"

韩密敦说："那正是我希望我们能搞清楚的事。艾维尼，你尽快弄懂他们的语言。冯·奥斯丹，在防卫哨部署好守卫，具体派人一个盯一个'陪'着这几个生物。"

外星人被留在一间简陋小屋里居住，他们睡觉时，总有一个人醒着做守卫。他们似乎不喜欢跟人类混杂在一起，而用他们自己的器皿煮食。不过，他们一连好多天都跟随着艾维尼和罗兰辛，而且相当努力于交换语言智能。

那些外星人，自称为"罗尔万"。到底罗尔万是什么，谁也说不清，这也只是人类的喉咙可能发出的近似音罢了。不过，总算开始分出他们的姓名了，有三个首先弄清的名字是：西尼斯，杨伏萨兰，阿拉士伏。

当然，要学懂一种外星人的语言是相当困难的，需要很大的耐心与毅力。艾维尼弄懂了一些动词和一些基本词汇，同时也分析出一整套的音素，但他却说他没有搞清这些，一再为这种语言的难学而叫苦不迭。罗兰辛向他索要这种语言的资料，他给罗兰辛的，也是更改过的抄本。

艾维尼在研究着外星人的语言，其他人在无所事事地干等着。终于有一天，韩密敦船长把罗兰辛、唐敦、凯玛尔、菲南迪兹和冯·奥斯丹召集起来，听艾维尼的报告。

艾维尼说他对罗尔万语言做了点研究，但所获甚微。不过，在今天他弄清了一件事，罗尔万人要回老家去，并且拒绝用飞行车送，他们坚持步行，尽管要走四个星期的路程。罗尔万人也不高兴在空中跟踪他们，但并不反对一些人陪同他们步行同往。

艾维尼没弄清罗尔万语，但却把这件事弄得清清楚楚。

冯·奥斯丹脸涨得通红："这是圈套！"

"当然，你可以偷偷地带一个手提无线电收发报机去。"韩密敦船长对冯·奥斯丹说。然后他又说：

"艾维尼想跟他们一起去，我同意派几个人，去摸摸虚实，这也正是我们的工作。看看谁愿意去？"

罗兰辛有些犹疑，但其他几个人都表示赞成，他也只好同意了。事后他才意识到，假如当时有谁说一声不愿去，那大家都会退缩不前的，人就是这么一种有趣而古怪的动物。

大家艰难地行进着。

凯玛尔背着发报机，那是一个点线发报系统，他一直不让罗尔万人怀疑这无线电是什么东西。

韩密敦船长建立起三个三角自动收报站，随时接收凯玛尔发来的信息。

罗尔万人看样子对路线并不太陌生，只是偶尔翻翻他们手绘的很像中国绘画的地图。

罗兰辛开始能分辨出他们的个性特征了。阿拉士伏是个行动迅速、鲁莽、三言两语就干起来的性子；西尼斯则是个慢吞吞、行动缓慢迟钝的类型；从杨伏萨兰的表情，看得出他脾气暴戾；另一个能叫出名字的狄乍加兹看来是他们当中最有学问的知识分子了，他跟艾维尼一起很用功地研究语言。

罗兰辛设法跟上他们的语言课，但很难得到艾维尼的指点。

大家一路行进，渐渐地，双方有了接触和交往，彼此有些融洽了。这旅途变得和平和充满友谊。

罗兰辛和唐敦时常为各个星球之间的争战和不断移民而争论，而发感慨。罗兰辛望着那些蹦跳着的罗尔万人灰色的身影，心想：在他们那些非人类的脑壳里，又有着些什么梦想呢？他们会为了什么事去奴役，去杀戮，去欺骗，去为之而死吗？这星球是他们的星球吗？

菲南迪兹出生在拉丁美洲的乌拉圭，他的家庭是个历史悠久、非常富有的大家族，他是这大家族中的嫡子。他有机会受过很高深的教育，也享受过最富裕的生活。他有大量的藏书，有马匹，有游艇，经常去戏院，听音乐；他曾在世界马球大赛中为他们的大陆夺了很多分，还曾驾驶帆船横渡大西洋；他在月球和水星做过很多地质地层学的工作……

现在却带着一首美丽的歌，离开地球去探索星空。

他就死在特罗亚星上。

这惨事来得太迅速也太残酷了，那是在开阔的草原上行进两周之后，他们到达了微微向上伸展的地方，走向在远方地平线窥见的蓝色迷蒙的远山。

这地带长满了又长又粗的草，密密麻麻的树木，流着冷冽而湍急的河水，经常有风刮过。

队伍作一列长排，跌跌撞撞地走上崎岖的山道。这一带有着很多生物，四翅兽展开四只毛茸茸的翅膀，小一点的兽类惊慌奔逃，远处一群有角的爬虫停住脚步，用一眨不眨的眼睛望着这群旅人。

罗兰辛走在队伍的前端，他看见前边的一块岩石上，躺着一只细小的颜色鲜艳的动物，正在晒着阳光，它看去像长得过分大的蜥蜴，罗兰辛向身边的外星人阿拉士伏指了指这动物。

"沃兰苏。"阿拉士伏回答。

罗兰辛已经能慢慢分别出不同的语言了。

"不……"罗兰辛觉得古怪的是，艾维尼研究了这么久，仍不知道"对"和"不对"的词语，也许，他根本就不想让别人学罗尔万语吧。所以他只好用英语说："不，我懂得那个词，那是指石头，我是指那在石头上的蜥蜴。"

阿拉士伏走过去看了好一阵，才说："西纳尔兰。"

罗兰辛一边走，一边在笔记本上把这个词记下来。一分钟后，他听见了菲南迪兹发出的惨叫声。他回转身来，只见那地质地貌学家早已倒下来，那蜥蜴咬着他的裤腿。

唐敦捉住那蜥蜴的脖子，将它摔在地上，用脚把它的头踩碎。

菲南迪兹用痛苦的眼睛望着大家："好痛啊……"他的腿上留着牙印的啮痕，四周有着发紫的色泽。

"毒！快拿急救箱来！"唐敦喊叫着。

艾维尼用刀子把伤腿的皮肉割开。

菲南迪兹猛吸了口气，叫着："我不能呼吸……透不过气来……我透不过气……"

艾维尼弯下腰，想去吸吮伤口，但他立即就挺起腰杆，含糊地说了声："把毒血吸出来也没用，如果毒已扩展到他的胸部，是没办法了。"

菲南迪兹的眼睛往上一翻，他们看出他的胸部突然静止不动了。

人工呼吸也是白费的，他的心脏彻底地停止了跳动。

罗兰辛站在那儿一动不动，他从未见过人死，也无法接受眼前的事实。

大家掩埋了他的尸体。

罗兰辛悲恸万分。菲南迪兹活着的时候，对于唐敦来说，只是个罗马天主教徒；对于凯玛尔，他是个又唱又闹的家伙，凯玛尔还曾因为他的吵闹而同他发生过争执；冯·奥斯丹曾把他叫作手无缚鸡之力的花花公子和蠢才；艾维尼呢，菲南迪兹对于他，只不过是另一个研究的对象罢了；对于罗兰辛自己呢，他跟菲南迪兹的关系，从来就并不特别密切。

他们再也救不活死者，对于埋在石下的尸体，他们没有什么事可做了。为什么在死者生前，不对他更好些呢？

菲南迪兹长眠在遥远的异星，孤单寂寞，不知他的灵魂要飞渡多少光年才能回到南美洲葱绿的家园了。

罗兰辛猛地想起一件事，当时他同阿拉士伏走在前边，他指着石头上的毒蜥蜴问是什么，阿拉士伏犹豫了一阵才回答说是"西纳尔兰"，但他并没有警告说这生物是会咬死人的。

这是谋杀？还是一次意外？

罗兰辛抑制着激动，他警觉起来。

罗兰辛他们继续前行，谁也不知道前途有什么等待着他们。

在菲南迪兹去世后大约一个星期的一天晚上，韩密敦船长打来无线电报：

"喂，你们的外星人向导在搞什么鬼？你们又拐哪儿去了？为什么他们不领你们走直路到他们的家去，而像捉迷藏似的拐来拐去？"

谁知道呢？有太多的疑团，难以解开。

冯·奥斯丹和唐敦的周围，是陡峭的直插云霄的群山，峰顶尖锐，有着白色的雪岭，在冰蓝色的天空下，显得特别刺眼。下边是山脚的斜坡，一直指向远处奔腾的河里。这是平原与大海之间突然恐怖地升起的一片巨大的岩石山峦。

在这一带，狩猎十分困难，有几天差点还不够吃呢。他俩一边商量着对付罗尔万人的对策，一边小心翼翼地沿着山地上的羊肠小道慢慢地走着，不时用望远镜寻找着猎物。

一只野兽出现了。两枪同时打响，猎物不见了，冯·奥斯丹和唐敦跳过岩石，急忙去寻找。

糟糕的事也就在这一跳之际发生了。他俩同时跌进一个有六米深、四米宽的洞穴里，死活也爬不上来了。

求救，向谁求救呢？他俩也不知离同伴多远了。

一个飘雪寒冷的漫长夜晚捱过去了。没有人来。他俩冒着雪崩的危险，向空中鸣枪求救。

等到炽热的阳光照亮了洞穴时，罗尔万人来了。冯·奥斯丹向他们举起枪，恨不得杀死他们，是他们害死了菲南迪兹，如今又设下陷阱要残忍地害死我们。他这样想着的时候，罗尔万人已经走开了。

两个人在等待着死神的光临。

然而事实出人意料，罗尔万人不多时又回来了，他们带来了一条长索，其中一个把长索捆住腰部，其他的就把长索吊进洞穴来，营救人类。

得救的唐敦消除了对罗尔万人的憎恨，冯·奥斯丹对外星人仍怀有敌意，只是不外露罢了。

从悬崖到海边去的路程是十分折腾人的，但也只不过花了两天时间，就到达平坦的海岸线了。艾维尼说，外星人狄乍加兹告诉他，用不了几天就能到达目的地了。

罗兰辛不由有些紧张，再过几天，在目的地，会发生什么呢？

但在他们结束这漫长的旅途之前，死神又再次来光顾他们了。

这日，他们正走在悬崖下的窄狭沙滩上，突然间，海潮涌来。它来得这么迅速，是始料所不及的，它来得这么猛烈，也是始料所不及的。

一个巨浪翻过了礁石滩头，以疯狂的速度席卷而来。一浪紧接一浪，罗兰辛狂叫着与大浪搏斗，但大浪像巨拳似的一拳拳把他打下去。顷刻间，海水淹没了他的膝盖，他的臀部，大浪盖过他的头顶，回浪又把他带向海中……

迷蒙中，他发觉一个罗尔万人在他身边被大浪卷走，他听见一阵垂死的惨叫声。

罗兰辛死命攀住一个不知是什么的东西，又盲又聋又哑，半死不活地坚持着。

幸好，狂潮马上就过去了。等大家都镇定下来，统计一下人数，三个人失踪：凯玛尔、阿拉士伏和杨伏萨兰不见了。

等海潮退定，他们在远处海岸上发现了凯玛尔和外星人阿拉士伏。

又失去了一个外星人杨伏萨兰！永远地失去了。

大家为他唱着丧歌，默默地祈祷。

黑暗来临，大部分人都精疲力竭地睡去，只有艾维尼和狄乍加兹跟往日一样，侃侃而谈。罗兰辛就躺在他俩附近，逐渐能琢磨出这罗尔万语的意思了。他俩有两句对话相当重要，大致意思是：

"你必须尽快消除他们的怀疑，至少当我们到达苏尔拉，他们会看出过去的阴影（或欺骗）的。"这是狄乍加兹的声音。

艾维尼说道："我认为他们不会，我是权威，他们会听我的。再坏，也可以用对付第一支探险队那样的办法来对付他们，不过我希望这并不需要。"

"如果需要，也只得这样做，这大计划可不能因几条人命就被破坏掉。"

艾维尼叹了口气，有些哽噎地说道："对于我来说，这负荷太大了。"

一切都似乎明白了，一切似乎又都不明白。罗兰辛再也听不出他们说什么了。不过，这也就足够了。

被叫作苏尔拉的小村到了，罗尔万人所谓的老家。

艾维尼的翻译开始流畅起来。在从村子出来的一个罗尔万人回去"传递信息"的时候，他向大家介绍说，罗尔万人有地下城市，人口至少一亿人，正在这星球上旺盛地生息。

这时，大约有五六十个罗尔万人走出来"欢迎"这些客人。

罗兰辛走进门口时，抑制住自己内心的寒栗，他还能再次从这门口出来，重见天日吗？

这地下村庄以泥土和水泥为主要建筑材料，连家具都是用水泥浇铸成的。各种通道四通八达，室内整齐简单，没有装饰，似乎仍停留在地球的18世纪水平上。

艾维尼去和一个看似是当地领导的人商谈，一个小时后，他回来说，这里的村长正用他们不很先进的电话同本国政府联系，问问这些"外星来客"是否可以留在这儿，是否能派几个科学家来共同进行研究工作。

凯玛尔问："他们会答应让我们移民？"

艾维尼耸耸肩："你打什么主意？这得由官方决定。"

看来移民是没多大希望了，要征服一亿罗尔万人不是易事，他们也有武装，听艾维尼说，他们还有高度的军事纪律，人类根本不能飞过这三千光年的旅程，一下子运来大批人和设备，即使能运来，也是得不偿失的。

不过，事实真是这样吗？

那天其余的时间，大家参观了全村，这的确像是一个久住的村庄。基础设施、科学文化设施、军事装备等都很齐全。

然而有太多的疑问迷漫心头，经过仔细分析，罗兰辛得出结论：罗尔万人不是这星球上的人。他们带路绕来绕去，就是为了争取时间建造这村子，以证明罗尔万人是这星球的主人。等地球人知道特罗亚星已有高度的文明，放弃移民的想法时，他们便占领这个星球。

罗兰辛不由得为自己和同伴的命运担心起来。

凯玛尔完全赞同他的意见，他们俩偷偷地走出村子去向大本营发报，结果，被罗尔万人发现，一场激烈的冲突是难以避免的了。双方全体出动，战斗是相当激烈和残酷的，罗尔万人的进攻两次被打退，有死有伤，看来，有些支持不下去了。

艾维尼知道自己伪装不下去了，要求谈判。

艾维尼还在狡辩，罗兰辛针锋相对，把他的伪装

——撕破。他萎靡下来，他交代了罗尔万人的本来面目，原来他们是同"赫德逊"号同时到达特罗亚星的，他们真正的星球同地球相似，他们同样也想移民。那几个罗尔万人是伪装成土著，来探视虚实的。当罗尔万人炮制旧村庄时，他就同他们合作了。

"为什么？"凯玛尔的语气粗起来，"你他妈的，为什么？"

"我想救'赫德逊'号，使它免于'达伽马'号的命运。"

原来，"达伽马"号探知特罗亚星能移民，返回太空巡检站接受免疫检查时，被火星人劫获了。然而"达伽马"号上的船员都被妥善地安排到了塔西迪星上新伊甸园过着自由的生活。

"他们很多人都有家庭啊！"凯玛尔说。

"有些人必须为了伟大的目标牺牲小我。"艾维尼说。

罗兰辛愤怒而迷惑："这是为什么呢？"

艾维尼这个心理学家抬起头来，脸上露出一副痛苦的表情，但他的话中还怀着一丝渺茫的希望：

这全是为了大家好。人类还没有准备好移民这一步，然而又制止不了政府的决策，只好采取这种方式了。

科学需要达到一定的程度，人已能控制自己的未来、自己的社会；战争、贫困、动乱，所有这一切只要一发生，都能够制止。要达到这一点，首先人类得成熟才行。每一个个别的人，都必须健全，非常自制。人类不会是盲目的、贪婪的、冲动的、冷酷的动物，到那时，才能够走向星际！当然这需要一个漫长的时间。

如果漫无边际的探索在20年间竟找到了一个有用处的星球，那么狩猎队就会保证每四五年找到一个，这将是我们不需要的领土。人就会认为他们能永久移居外星，社会的方向将会改变，不在内部发展，而向外部发展了，那进程将无法加以制止了。

移民的热潮将产生混乱，会制造更多的麻烦，上百万个古怪的小文明将会诞生，走他们自己的路。星际探险将会造成一次无法弥补的大破坏。那将是混乱和折磨，整个文明又起又落，战争和压迫，从现在直到永远。

人类只有达到了一定的成熟程度，才能到星空去。"

罗兰辛转过身来："我赞成你把真相说出来，但还是让人类走向星空，并承担一切后果，让人类自己决定自己的未来吧。"

"你们这些蠢才破坏了人类的未来，也许还破坏了整个宇宙的未来！"艾维尼绝望地离开他们，跌跌撞撞地走进稀疏的小树林，罗尔万人也在退却，回到他们的太空船去。

远处传来韩密敦火箭船迫近的声音。

再也没有什么能阻止人去探索星空了。人类将拥有天空。

艾维尼终究会不会是对的呢？

罗兰辛相信，在一千年内，谁也没法回答这个疑问，永远也不会有答案的。

（孙天纬　缩写）

冷酷的平衡

〔美国〕戈德温

他并不孤独。

蔚蓝色的仪表板上，信号灯不断地闪烁出光亮，一支白色的指针不时急骤地晃动着，仿佛是大海上飞掠而过的海鸥。突然，指针一下跌落到临界点。这表明飞艇控制室对面的供给舱里发现了发射热量的活体。

他，仰卧在飞行椅上，深深地吸了一口气，皱着眉头思考着该怎样对付这个怪物。

根据飞艇章程规定，"如若发现未经许可偷乘飞艇者，必须立即抛出舱外。"这是宇宙航行的一条冷酷的法律。超空间飞行物的发明，使人类开始离开亿万年古老的地球摇篮，开拓浩渺的银河系新居。这壮举有点像人类的祖先，当初从树上跃下，跳到大地上生活一样，充满诗意也充满牺牲。超空间飞行物一般用核转换器发动。飞艇体态轻盈，不宜携带体积较大的核转换器，而是电子计算机根据自重、货重，严格配给精确量的液态燃料。因此，飞艇上出现意外的乘客，就要当作定时炸弹那样来消灭。

他的目光渐渐搜索到供给舱壁橱的那扇乳白色的小门上。此刻，躲在橱里的家伙，恐怕还在洋洋得意哩：逃过了飞行前的检查，捞到一次空间旅行的机会，现在飞艇总不会再飞回去了吧！

现在没有可选择的余地了。飞艇燃料随着偷渡者的潜入而增耗，直接影响飞艇抵达目的地。偷渡者潜入飞艇，自己签署了死亡证，不能连累其他人一起见阎王。

他穿过控制室，走到壁橱前的那扇小门旁，愤怒地大喝一声："出来!"

壁橱里怯生生地蹭出一个人来，双手搂抱着头，带着恐惧和哀求糅成的语调，喃喃地自语："我投降，投降，行……行吗?"

这是一位少女!

他惊呆了，困惑地凝望着眼前站着的姑娘，手中原先捏紧的发火器不知不觉慢慢松开。她亭亭玉立，金黄色的秀发衬托着一张圆圆的脸，双眸透出聪慧的神情，却又笼着一层层薄薄的愁雾。也许因为恐惧的缘故，尽管她那晶莹洁白的细牙紧紧咬住嘴唇，仍止不住嘴角的牵动。

怎么办? 如果讨饶的是一个滑头家伙，他一定会狠狠揍他一顿，再命令他走进空气封闭室，尝尝"弹出"的滋味;如果偷渡者敢对抗，他就会立即使用发火器，毫不客气地在几分钟内处理他，将其推入宇宙空间。可是，这是一个善良羸弱的姑娘，下得了手吗?!

他踌躇地回到飞行座上，用嘴努了努靠墙凸起的驱动控制器箱体，示意姑娘坐下。少女被他突然沉默的表情吓呆了，犹豫了好一会儿，才沿边勉强坐下，怯生生地探问："请问，我有罪么? 你要怎样处置我呢?"

"你到这儿来干啥?"他尽量压低自己粗重的嗓音，问，"为什么鬼鬼祟祟地溜进飞艇?"

"我想看看哥哥。他在奥顿星球工作，离开我们地球快十年了。"

"你知道飞艇去哪里吗?"

"密曼星球。"少女好像一个做错了事的孩子，一边回答一边数落说，"我哥哥一年之后将去密曼休养。我想先偷渡到那儿。我们家只有兄妹俩。他爱我，又爱事业。我们日夜都盼望相见。"

"你哥哥知道你乘飞艇去密曼吗?"

"嗯,也许知道。一个月前,我在地球上打空间电话告诉他,我准备乘飞艇去密曼。也许他不会想到,我是偷渡去的。"

"你哥哥叫什么名字?"

"克劳思。"

"克劳思?"

"你认识吗?"

"不,不认识。"他又一次惊呆了。

不久前,国家研究院收到宇宙"SOS"信息,获知奥顿勘察组克劳思教授和两名助手突发宇宙病,急需血清。飞艇就是送血清到密曼去,那儿有等着接取血清的航天班机。

他没有再吭声,只是转向控制板,将引力杆降到最低位置。虽然他知道这样做并不能改变最终的结局,但这却是唯一可以延长死亡的办法。飞艇急速地下降,小姑娘惊慌得一下子跳起来。

"别怕。这是为了节约燃料。"

"你是说,飞艇的燃料不足吗?"

他不想回答。稍等了一会儿,带着几分温和的语气问道:"你是怎样躲进飞艇的?"

"我乘人不备,溜进来的。"姑娘眨着眼,朝他望了望,感到对方没有生气的征兆,就接着往下说,"我同发射场的一位姑娘有意搭讪起来,当时她正在飞艇的供给室里打扫卫生。后来有人送来一箱捎给奥顿勘察组的什么药物,我就乘她去接东西的时候,悄悄躲进了飞艇的壁橱里。我偷乘飞艇也许有罪吧,我把全部钱都支付罚金行吗?我再帮你们做饭干活。求求你答应让我去见一次哥哥吧,梦了十年,心都揉碎了!"

在维护执行宇宙法律中,这位铁面无私的航行员平生第一次发生了动摇。他打开通信器,想同前舱的艇长商量一下。虽然他知道这种联络大半不会有结果，但他不死心，决心做最后的努力。

"我是巴顿。艇长先生，我有急事报告！"

"巴顿！"通信器里传来艇长显然不满的声音："什么紧急情况？"

"发现偷渡者。"巴顿答道。

"偷渡者？"艇长十分吃惊，"这是非常事件，为什么不发紧急信号？不过既然发现了，也就不会有什么危险了。我想你一定能迅速处置。"

"不，情况特殊……"

"什么特殊？"艇长不耐烦地打断了巴顿的话，"巴顿，请严格执行宇宙法律。飞艇的燃料经过精确计算，飞行必须保证冷酷的平衡，任何偷渡者立即抛掷！"

"偷渡者是一个可怜的少女。"

"什么？少女？"

"她想去密曼，见一见哥哥——恐怕就是勘察组那个克劳思。她只有十几岁，还不知道自己闯了多大的祸。"

艇长突然闷住了，只有通信器发出轻微的沙沙声，像他平时遇到难题时倒抽气似的。

过了一阵难堪的沉默，艇长终于口气缓和地说："你向我报告，希望我能帮忙？非常遗憾，飞艇不能改变冷酷的平衡，总不能为了一条生命而去牺牲许多人的生命吧？我知道你很伤心，可我也爱莫能助呀！还是快向飞艇地面中心报告吧！"

通信器关闭了。巴顿木然地望望姑娘。她发呆似的靠在墙壁上，微仰着头，眼睛失去了明澈的光辉，脸上笼罩着一片浓重的恐慌和悲哀。

"艇长说要把我'抛掷'，'抛掷'——是什么意思？还能见哥哥吗？"显然，姑娘没有完全听懂刚才的谈话，她只是凭直觉，预感到死神在靠拢。

"'抛掷'也许不能见哥哥了。"巴顿还在利用字眼，尽量避免刺伤姑娘的心灵。

"不!"姑娘下意识地冲了过去，一巴掌捂住巴顿的大嘴，仿佛不这样死神就会立刻从这儿钻出来。

"必须这样做。"巴顿自语似的说。

"你不能这样做，如果把我赶出飞艇，我会死的。"姑娘在说到"我会死"时，语气特别重，好像巴顿还不知道问题多么严重。

"我知道。"

"你——知道？"她怀疑地扫视了巴顿的脸，竭力想捕捉到同她开玩笑的影子。

"我知道。结果只能这样了。"巴顿口气十分认真，甚至带着虔诚的神情，好像要去赴难的不是别人，倒是他自己。

"你也这样认为——真的要让我去死吗？"她顿时不知所措地靠着墙壁，就像一只用碎布制成的小娃娃无力地瘫在一旁，反抗和自信都消失殆尽。

巴顿张了几次口，说不出可安慰的话。憋到最后才说："你知道我多么难受？这宇宙法律难饶人啊！"

"天哪，我做了什么坏事，非得死！"姑娘抽泣着说。

巴顿沉重地垂着头，用只有自己听得见的声音哽咽道："孩子，我知道你没有做坏事，我知道你什么坏事都没做。"

通信器的指示红灯又亮了，飞艇地面中心传话，需要了解偷渡者的情况。

巴顿站起来，走到姑娘面前。姑娘拼命抓住座位的扶把，脸色苍白，好像迎面走来了死神，战战栗栗地说："怎么？就要处死我吗？"

"不，别害怕。"巴顿安慰说，"我想向你要一下随身携带的识别磁盘。"

姑娘放开椅子，双手打颤地乱摸套在脖子上的一块识别磁盘，这上面记存着她的情况。巴顿连忙俯下身子，帮她解开链条钩子，卸下磁盘，回到信号器旁。他仍然用平时那种粗声粗气的腔调对地面中心回话："报告，偷渡者是个可怜的女孩。现在请收听磁盘信息。"说着，巴顿将磁盘放入一架磁声计算机内，话筒里立刻传出清晰的声音：

"T8374—Y54，姓名：玛丽·克劳思，性别：女，出生年月：2160年7月7日，年龄18岁。身高160公分，体重55公斤（这么轻的分量已足以将薄型飞艇置于死地！）。头发：金黄色，眼睛：碧蓝，皮肤：白色，血型：O型。"

巴顿又一次转向姑娘，她早已缩成一团，躲在墙角边，睁大着疑惑的眼睛，一眨不眨地盯着巴顿。

"他们命令你杀害我，是吗？你和飞艇上的人都要我死，对吗？"微弱的声音好像是从一根快断的琴弦上发出的颤音，令人心惊："每个人都要我死，我可没做过任何坏事！没有伤害过别人！我只是想见哥哥！"

"你想错了——完全想错了。"巴顿说，"没有人要你死，如果人类可以更改宇航法律，决不会采取这种冷酷的决定。"

"那么，究竟是什么原因呢？我不明白，一点也不明白。"

"姑娘，我们这艘飞艇是专程送血清到密曼去的。奥顿那边有个勘察组，你的哥哥克劳思教授和两名助手突发宇宙病，急需血清。如果血清不及时送到。他们会面临死亡的危险。飞艇的燃料算得非常精确，如果你留在飞艇上，你的体重会多消耗燃料，这样飞船没到密曼就会坠毁，等在那边的航天班机就接不到血清。我们都会死亡，当然还有你哥哥和勘察队员们。"

整整一分钟，玛丽张大着口，说不出一句话。生活中为什么常常出现这种偶然性，使许多良好的愿望因为相互碰撞，酿成了不可思议的悲剧……

"果真如此？"她机械地问道，"飞艇不可能有更多的燃料吗？"

"是的。"

"或者我一个人死，或者连累大家一起死，是这个意思吗？"

"是的"。

"没有人希望我死？"

"没有人。"

"你能确信再没有其他办法了吗？"

"嗯！呼唤地面中心是我唯一能做的事。"

"没有其他地方的人可以帮助我吗？"她向前挪了挪，期望巴顿能沉思一下再回答。人有时候明明知道完了，却总巴望希望之火能再闪动一下。

可是，巴顿立刻冲出两个字："没有。"

这个词像一块冰凌扎进玛丽的心头，她感到冷酷，又感到痛苦，无力地靠到墙上。希望破灭，她反而平静了一些，低着头，手指无意识地摆弄着裙子的褶边……

恐惧随着希望的破灭而消失，顺从却随着希望的破灭而产生。她似乎感到还需要时间，也许只要一点点时间来安排后事，究竟要多少也说不清。

飞艇没有外壳冷却装置，进出大气层时速度必须降低到一定速率。现在飞艇速度已经大大超过了计算机规定的限值。如果想要恢复计算机计算的速度，就会遇到十分棘手的问题：姑娘的体重使飞艇制动时需要更多燃料，而这又超过了预先携带的燃料总量。问题迫在眉睫，姑娘早一点离开飞艇，危险也许就可以少一些。

她究竟还能留多久呢？

玛丽呆呆地站着。此刻，轮到巴顿焦躁不安了。一般说来，为了应付大气层飞行的恶劣条件，每艘飞艇总略备少量应急燃料以防万一。巴顿知道，这艘飞艇在起飞时已经消耗了一些补给燃料，现在还有多少不得知晓，他想向计算机了解一下。

"巴顿,"突然通信器又传出艇长戴哈德粗暴的声音,"刚刚我已从记录系统中得知,飞艇的速度依然没有改变。"

巴顿发觉艇长好像知道了自己的心思,似答似辩地说:"我想,这样飞如果计算机允许的话,姑娘可以……"

"可以什么?"艇长随口反问了一句,但没有训斥巴顿严重违反规定的行为,他只是讽喻地说:"请向计算机求情吧!"

通信器不响了。巴顿和玛丽默默地等待着。也许不要多久,计算机就会像一位冷酷的法官那样向巴顿宣布,站在他身边的这位脸色铁青的姑娘,究竟还能活多久。

艇长的声音再次从通信器里传出时,仪器面板上的航天表上显示出18:10。

"巴顿,你必须在19:10前,把飞艇的速度恢复到正常。"

姑娘看着航天表上的液晶时间显示,突然扭过头去问:"这是我离开的时间……是吗?"

巴顿点点头。她立刻用手捂住自己的脸,肩膀抽动着,泪水从指缝里汩汩地渗出。

"巴顿,"艇长的声音继续响着,"平时我绝不允许发生这类事。今天我也违心地同意了,但你不能再偏离指标,必须赶在19:10前完成最后报告。"

巴顿懊丧地关闭了通信器,抬头一看钟,时间已经18:13,离开不幸的时刻只有几十分钟了。

姑娘从啜泣声中,发出自言自语的设问:"这就是我的命运?"

巴顿打量着姑娘满面泪水的脸庞,说:"现在你明白了吧?如果法律允许改变,没有人会让你走这条路。"

"我明白了。"她说。脸色灰白,嘴唇失去了青春的红艳光泽。"燃料不够,不允许我留下,我躲进这艘飞艇时,哪知道有这么冷酷的规定,现在我得到应有的惩罚。"

当猿从树上迁徙到地上的那个时代，自然界曾经惩罚过无数以攀缘为准则的类人猿；而今，人类从地球飞向星际，宇宙界又用冷酷的方程式来筛选人类。玛丽这个充满生活渴望的姑娘，哪里能想到如此命运呢！

"我害怕。我不愿意死——更不希望现在就死。我要活，却逼着我去迎接死神。没有人能解救我。我在哥哥的眼里，是无比珍贵的亲人，可是在冷酷的平衡中，我却成了一个多余的人！"

18岁的姑娘，实在无法接受这种严酷的事实。在她音乐般的生涯中，从来不知道死亡的威胁；从来不知道人的生命突然会像大海的波浪，甩到冷酷的礁石上，破碎、消逝。她属于温柔的地球，在地球安全的雾纱笼罩下，她年轻、快乐，生命既宝贵又受法律保护，有权利追求美好的未来。她属于暖和的太阳，属于诗意的月光……无论如何不属于冷酷、凄凉的星际空间！

"这究竟是怎么回事？来得又快又可怕。一小时前我还在幻想去神秘有趣的密曼，现在却向死神飞去。我再也见不到哥哥……"

巴顿真不知道该怎样向她解释，使她懂得这不是残酷的非正义的牺牲品。她不知道外星空究竟是什么样，总以安全保险的地球去探想宇宙。在地球上，任何人、任何地方，只要闻悉一位年轻漂亮的姑娘陷入困境，都会尽力搭救。可是现在不是地球，而是一艘重量经过严密计算，速度接近光速的飞艇，没有人能帮助她。

"姑娘，这里不同于在地球上啊，"巴顿说，"不是大家不关心、不想办法帮助你。宇宙的疆界很大，在我们开拓的界线上，稀稀拉拉地分布着星国，人们彼此相隔遥远，出了问题只能望空兴叹。"

"我为啥不能写封信呢？我为啥不能用无线电设备同哥哥做一次最后的对话呢？"

当玛丽突然向巴顿说出这些念头的时候，巴顿简直为姑娘能想出这些点子而高兴得跳起来："行，当然行。我一定想办法联系。"

他打开空间传输器，调整了波段，按一下信号键。大约过了半分钟，从奥顿星传来了话音："喂，你们勘察一组的人怎样啦？"

"我不是勘察组，我是地球飞艇。"巴顿回答说，"哥利·克劳思教授在吗？"

"哥利？他和两名助手乘直升飞机出去了，还没回来。嗯，太阳快下山了，他该回来了，最多不超过一小时吧！"

"你能替我把传话线接到直升飞机上吗？"

"不行，飞机上的信号器一两个月前已经出毛病，要等下一次地球飞艇来时再修复。你有什么重要事吗？"

"是！非常重要。他回来后，马上请他与我通话。"

"好的，我马上派人去机场等候，哥利一到就会同你联系。再见！"

巴顿把传输器的旋钮调到最佳音量，以便能听到哥利的呼唤；随后取下夹在控制板上的纸夹子，撕了一张白纸，连同铅笔一起递给玛丽。

"我要给哥哥写信，"她一面伸手去接纸、笔，一面忧心忡忡地说道，"他也许不会马上回到营地。"

她开始写信，手指不住地打颤，铅笔老是不听使唤，从指缝间滑落下来。

她是一个纯真的少女，在向亲人做最后的告别。她向哥哥倾诉，自己是如何地想他，爱他；她装出饱经世故的口气劝慰哥哥，别为她伤心，不幸是每个人都会遇到的事，她一点儿也不害怕。最后一句话显然说谎，歪歪扭扭的字体，足以说明一切。

姑娘手中的笔不动了。她似乎在思索、寻找最适当的词汇，向亲人报告自己的处境。玛丽断断续续地写着。当她写完信，签上自己名字的时候，时间是18：37。

她略微感到一点儿舒心，禁不住联想翩翩。哥哥是太空区工作的人，知道违反空间法律的严重性，他不会责怪飞艇的驾驶员。当然，这样也丝毫不会减轻他失去妹妹的震惊和悲痛……但是，其他人呢？譬如，她的亲戚朋友，他们是生活在地球上的人，势必会按地球上的道德去看待星空间发生的悲剧。他们会怎样咒骂飞艇上的驾驶员，无情地送她去见上帝……

于是她又开始写第二封信，向地球上的亲戚朋友诀别。玛丽抬头看了看航天仪上的时钟，真怕黑色的指针在信没有写完时就跳到19：10。

玛丽写完信，指针爬到18：45。她折好信纸，写上收信人的名字和地址，把信递给巴顿："你能帮我保存这两封信吗？等回到地球时，装入信封寄出去。"

"当然可以，你放心吧！"他接过信，小心地放进灰黑色的衬衣兜里，仿佛揣入了一颗火热的心。

房间里又笼罩一片死寂般的沉默。两个人对坐了好一会儿，玛丽开口问："你认为哥利能准时回营地吗？"

"我想会准时到的。他们说他马上会回来。"

她不安地将铅笔在手掌中滚来滚去，自言自语地说道："多么希望哥哥马上回来啊！我害怕，我疲乏，我想听到他的声音，我实在受不住这个折磨！多么孤独，世界上好像只有我一个人，没有人再能关心我的命运。我留下的时间不多了吧？"

"也许是的。"巴顿下意识地答道。

"那么——"她强打起精神，凄楚地朝舷窗外看了看，说："我也许见不到哥哥了？我不能再多待一会儿吗？一点儿希望也没有了吗？"

"也许，我根本不用再等，也许我太自私了——也许等我死后再让你们去告诉哥哥更好！"

巴顿真想好好安慰一下姑娘，可是搜肠刮肚想不出适当的话。这位性格爽直豁达的宇航员，眼睛蒙上了一层泪水，轻轻地说："不，那样哥哥会更伤心的。"

"亲戚朋友们想不到，我会就此不能回家了。他们都爱我，都会悲伤。我不希望这样——我不想这样呀！"

"这不是你的过错，"他说，"根本不是你的过错，他们都会明白的。"

"一开始我非常怕死，我是一个胆小鬼，只想自己。现在，我明白自己多么自私。死亡的悲哀不在于死人，而在于活人。我离开世界，一切欢乐和痛苦，幸福和灾难都像梦一样地消失了；而死亡会给亲人带来无穷的精神折磨和心灵痛苦。我从来没有想得这样透彻过，刚刚走上生活道路的年轻人，平时不会向亲人说这些事，否则别人会认为你太多情、太傻了……"

人真要死了，感情会陡然发生变化——多么想把心中的话说尽，同时又会感到多余，于是，思想像脱缰的野马，横无际涯地乱奔。此刻，往昔生活中的琐事，也会突然袭上心头，发出耀眼夺目的色彩，使人特别感到生活的可爱。

玛丽不知怎地想起了7岁时的一件小事。一天晚上，她的小花猫在街上走失了，小姑娘伤心地哭泣起来。哥哥牵着她，用手绢擦掉她的眼泪，哄说小花猫会回来的。第二天早上玛丽醒来时，发现小花猫果真眯着眼，蜷缩在床脚边，过了好久，她才从妈妈的嘴里知道，那天哥哥早上四点钟就起床，跑到狗猫商店敲门，把老板从睡梦中叫醒，好不容易买回那只小花猫……

平时生活中不惹眼的小事，这时仿佛都涂上了色彩。玛丽沉湎在往事的回忆中，陶醉在人生的眷恋中，煎熬在死亡的威慑中……

"我仍然害怕，我更不希望哥哥知道。如果他准时回来，我一定要装得若无其事的样子……"玛丽迷迷糊糊地想着想着。

突然，通信器发出了"嘟嘟"的呼叫。玛丽一骨碌地站起身，高兴得乱喊乱叫："哥哥，哥哥，你回来了！"在这一瞬间，她好像忘记了这是死前的诀别，倒觉得像是渴念中的相逢。

巴顿迅速调节好控制开关，发问："谁是哥利·克劳思先生？请答话。"

"我是哥利·克劳思，有什么事吗？"通信器里传出缓慢沉重的低声。玛丽听得出这是哥哥的声音。他说话总是慢悠悠的，给人稳妥可信的感觉。可是，玛丽今天发现这缓慢的声调中分明还含有一种哀音。

她站在巴顿背后，双手搭着他的肩膀，踮起脚，伸长脖子朝通信器大声呼喊："哥哥，您好！"一声撼人心弦的呼声，穿过广漠的宇宙空间飞向了遥远的星空。玛丽再也说不出一句话，千言万语堵塞在喉咙里。她努力克制住自己，刚说完"我想见你——"这几个字，眼泪就哗哗地流下来。

"玛丽！"哥哥发出惊诧可怕的呼唤，"我的好妹妹，你在飞艇上干什么？"

"我想见你。"她重复说，"我想见你，所以偷偷躲进了飞艇。"

"你躲进飞艇？"

"我是偷渡者……我不知道偷渡的后果——"。

"玛丽！"哥利发出了绝望的吼声，"你做了什么孽？"

"我……什么也没做……"她激动得浑身发抖，冰冷的小手紧紧抓住巴顿的肩膀，"什么都没有呀，哥哥，我只是想见你。我自己把自己毁了，你不怪我吗？好哥哥，你千万别太难过……"

巴顿感到滚烫的眼泪滴进了自己的后颈，他赶忙站起来，扶着玛丽坐下，将话筒调节到座位的高度。

玛丽再也憋不住了，尽管她用力咬住嘴唇，还是低声地啜泣起来。

"不要哭，我亲爱的妹妹。"哥利的声音出奇的平静和温柔，"不要哭，我的好妹妹——也许一切还会好……"

"不——"她哆嗦地说，"我不要你那样想，我只想告诉你，几分钟后我要离开了。"

通信器里传出哥利急切的话音："飞艇！飞艇！你们难道没有与地面

联系？计算机能否提供应急方案？"

巴顿十分内疚地回答说："一小时前，我们已呼叫过地面中心，一切都无济于事了！"

"你能确信计算机数据正确吗？每个细节？"

"是的。你能想象我没摸清情况，就让你的妹妹离开飞艇吗？只要有一线希望，我们都会去努力的，然而希望没有了。"

哥哥，他多么想能帮助我啊，可是……玛丽稍稍镇静了一下，撩起已经被泪水打湿的衣裙，又擦了擦眼睛说："没有人能挽救我。我不再哭了，哥哥你要多多保重，我永远想念你……"

"妹妹……"哥利的声音突然变得细弱起来。巴顿立刻将音量控制器调到最大幅度，仍然如此。仪器显示表明，飞艇的前进方向转了大弯，同哥利的通信电波超出了有效范围。巴顿赶紧告诉玛丽，"还有一分钟，你将听不到哥哥的声音了。"

"哥哥，我有多少话要告诉你啊，现在不能了，我们马上要告别了。也许你还会见到我。在你的梦中：我梳着小辫，抱着死去的小花猫在哭；我像微风一样，轻轻吹到你的身边，在你的耳畔絮语；我会变成漂亮的百灵鸟，随着你到处飞翔；我会像影子一样，一刻不离地守在你的身边……这样地想我吧，哥哥。我将无法再思念你了，你可要加倍地想念我呀！"

飞艇毫无情面地按照航线前进，通信器里的声音渐渐模糊。玛丽断断续续听到哥利的回答："永远想你，玛丽，我永远牵肠挂肚地思念你……"

"哥哥——你再——"玛丽预感不幸的时刻终于降临了，她用手使劲地捂着嘴巴，不让自己哭出来。

冷酷的通信器里，传出最后一声温情柔声的"再见，妹妹"的时候，玛丽睁着一双呆滞的眼睛，一动不动地坐着。不，不是再见，是永别了。她仿佛听见天宇中不断传来哥哥的呼喊声。她慢慢站起来，向着"空气封闭室"走去。

巴顿茫然地拉起背后黑色的杠杆。封闭室的门露出一间小屋。玛丽抬起手，撩开披散在额前的一绺金黄色的秀发，脸庞显得苍白端庄，一双大眼却完全失去了青春的光辉，好像是刚刚熄灭了的一盏明灯，暗淡而深邃。

巴顿没有上前，他让她一个人走进去。他知道此刻任何同情、相助都是低于零。她走进"空气封闭室"，回头朝巴顿望了望，暗淡的眼光里透出无穷的深意，像是致谢，又像是怨恨；像是绝望，又像是圆寂。

巴顿的心好像触电似的颤抖了一阵，猛地把杠杆向前一推，门关上了。控制台上的指示灯闪着各种色彩的灯光，开闸、充气、弹出……一切都由计算机在操作。巴顿呆呆地坐着，神不守舍地凝望着封闭室的铁门。过了不知多少时间，门又开了，里面空荡无人。

飞艇在前进。巴顿望了望面前蔚蓝色的仪器板上，白色的指针又跳到了零位，冷酷的平衡又实现了！他把速率阀开到计算机规定的指标，就颓然地躺倒在卧椅上。巴顿从来没有像现在这样感到过寂寞。他眯着眼在遐想：一个多好的姑娘，偏偏遭到命运拨弄似地上了这条飞艇，匆匆抛掷宝贵的生命，多么令人追昔！巴顿想着想着，耳畔仿佛又听到玛丽的呼喊："哥哥，我爱你！我没有做错事，我是无辜的姑娘。为什么一定要让我死呢？"

（于小丽　周稼骏　编译）

密探的故事

〔美国〕罗伯特·希克利

现在，我可真是不折不扣地陷入了窘境。要讲清楚事情的来龙去脉，可真还得费一番口舌呢！所以，我也许最好还是从头说起吧。

1991年，我从技校毕业，到"星际宇航飞船厂"谋得了一个好职业，一直在那儿工作。那些体积硕大、呼啸有声的宇宙飞船可以飞到天鹅座，飞到半人马座，飞到报纸上提到过的任何地方。我从心底里喜欢这些飞船。我是个前途似锦的青年，有很多朋友，甚至还结识了一些姑娘！然而，这一切都无济于事。我无法全力以赴干好工作，因为密摄照相机一刻不停地在拍摄我的双手。密摄照相机本身就十分令人讨厌，而它们的噪声更加叫我难以忍受。

我到"星际宇航飞船厂"的秘密侦探保卫科去诉苦，向他们提出请求："监视别人的都是新式的无声密摄照相机，为什么我的就不能和他们的一样？"

然而，他们太忙了，没有工夫处理这件事。

许许多多小事使我烦恼不安，装在我家电视里的那台磁带录音窃听器就是一个例子。秘密情报部从来就没有动过脑筋，使它运转正常。这一天到晚发出的咝咝的噪声，从不间歇。为此，我抱怨过岂止一百次！

"别人的窃听器噪声都比较轻,"我说,"我的那台为啥就这样响?"

然而,秘密情报部工作人员的回答只有一句话:

"我们无法使每个人都称心如意。"

这使我相当痛苦。我猜想政府对我并不感兴趣。

我对那位专门盯我梢的密探也很不满意。在政府的名册上,我是属于"18D"的那类人物。每个属于"18D"编号的人都有暗中盯梢的密探,不过这些密探都是兼职的。遗憾的是,我的那位宝贝密探活像一个蹩脚的电影演员。他老是穿一件脏的雨衣,帽檐压得很低,几乎要把眼睛遮住了。他是个瘦子,整天忧心忡忡,唯恐我会逃走,每一次跟踪,总是寸步不离。啊,他可真是竭尽了一切努力。这位密探这么差劲,我倒反而禁不住为他感到遗憾。但是,受人跟踪,总是不愉快的。每当我去朋友家做客,他总是紧紧地跟在后面,近到几乎要把鼻子凑到我的脖子上来了。我的朋友见了,都不禁哈哈大笑。

"比尔!"他们常说,"这位就是你的宝贝密探吗?"

我的女朋友也十分讨厌那个密探。当然,我不得不到政府侦探法庭去提出质询:

"我为什么不能像朋友们一样,有一个训练有素的密探?"

法庭官员们说他们将郑重考虑我的意见。不过,我心里并不相信。我知道自己地位不高,不是个举足轻重的人物。

这些小事挫伤了我的自尊心。我十分恼火。

这时,我猛然想到了深层空间——辽阔无垠的太空。那儿有成千上万颗星星,成千上万平方公里的空间;那儿有许许多多类似地球的地方,人们可以安居乐业。毫无疑问,那儿也一定会有一块我的立足之地!我买了好几张星座图进行研究,直到透彻地了解了深层空间为止。

我花光全部积蓄,买了一艘旧的宇宙飞船"快星号"。它的四面都是漏洞,引擎也有毛病。实际上,那是一艘危险的飞船。然而,既然我进行冒险的赌注是本人的生命，别人也就无须多管闲事了（至少，我自己是这么认为的）。我获得了护照和其他必要的文件——蓝的、红的，各种各样的文件。我到工厂领取最后一天的工资，向密摄照相机挥手告别。回到公寓，我把衣服包好，对磁带录音窃听器说声："再见！"街上，我和那位可怜的密探握别，祝他交上好运。

现在，我不会再改变主意了。

还有一件事情要办。我必须到一个特别办事处去领取旅行的签证。签证处那位职员的手是白的，脸是咖啡色的。他冷冰冰地打量着我。

"你要到哪里去？"他问。

"宇宙空间。"我回答。

"不问你这个。我问的是你要到宇宙空间的哪一个部分去？"

"我自己也不知道，"我说，"只要是宇宙空间就行了——深不可测的空间，自由自在的空间。"

"你的说法太笼统。"那人说，"你一定得讲出究竟要到宇宙空间的哪一块地方去，否则我就不发通行签证。你是准备到'美国太空'的行星定居？还是要去'大不列颠太空'？'荷兰太空'？或者是'法兰西太空'？"

"什么！太空也有领地吗？"我大吃一惊地问。

"当然啦！我们有'美国太空'、'俄罗斯太空'、'墨西哥太空'、'比利时太空'、'中国太空'、'印度太空'、'尼日利亚太空'……"

"那么，哪里是'自由的太空'呢？"我打断他的话头问。

"'自由的太空'是不存在的！"

"不存在?！那么，太空的领地，哪儿是尽头？"

"没有尽头！"他不可一世地回答。

这句话使我颇受震动，其实那也难怪——既然太空存在，就会有人去占领。

"我就到'美国太空'去吧。"我说。其实，当时不管说上哪儿去，都半斤八两，无关紧要。

那个职员检查我的证件，一直往回查到我童年五岁的时候才罢手。最后，他发给了我通行的签证。

飞船船坞的技师们已经把我的"快星号"修好了。我安全地驾着它腾空而去。眼看地球越来越小，一会儿我就完全消失了。这时候，我意识到自己孤身一人，颇为凄凉。

15个小时之后，我检查贮藏的食品，发现有一只装土豆的口袋形状与众不同。我打开口袋，里面原来的那50公斤土豆不见了，却藏着一个少女。

一位秘密的旅客！我瞧着她，目瞪口呆。

"你好哇！"她说，"劳驾帮个忙让我钻出口袋，好吗？当然，要是你愿意重新扎紧袋口，忘掉我在这儿，那也完全可以。"

我帮她钻出口袋。她说：

"你的那些土豆可真让人受不了。"

她是一位漂亮的少女：蓝眼睛，一头几乎是火红的金发，她的脸很脏。

在地球上，为了见这么一位姑娘，就让我走上20里地也心甘情愿；然而在茫茫宇宙中，我可说不上来到底是不是想见她啦！

"你能给我一点东西吃吗？"她说："离开地球之后，我一直光靠生胡萝卜填肚子。"

我给了她几片白脱面包。她吃着面包，我提问了：

"你为什么要到这儿来？"

"为了自由。"她说，"我爱诗歌，喜欢幻想。我厌倦了地球上的生活，一天也不能再在那儿待下去了。我希望能够到浓荫遍地的大森林去漫步，穿过绿茵茵的田野。那儿，没有政府官员，也没有警察！我要歌唱，我要欢笑……"

"那么，你干吗偏偏找上了我呢?"我问。

"因为你正在奔向自由。当然，你要是不欢迎，我可以马上回去!"

谁都明白——现在，回到地球上去，已经不可能了。

"你就留在这儿吧。"我说。

"太感谢了!"她十分温柔地说，"你真是我的知音。"

"对了，当然!"我说，"但是，你听我说!咱们还得把几个问题谈谈清楚，首先……"

但是，她却已经呼呼入睡了，嘴角上还挂着一丝微笑。一连15个小时待在土豆袋里，把她累坏了。

事不宜迟，我立刻搜查她的手提包，翻出五支唇膏，一些化妆品，一小瓶"金星五号"牌香水，一本诗集，还有她的证件。证件上，她名字下面的"政府特别侦探员"几个大字赫然入目。

哼，我早就怀疑她了!普通的姑娘从来没有像她那么讲话的，只有密探才会有这副腔调。

政府还在继续"关怀"着我；真是令人不胜荣幸!宇宙航行似乎就此不再孤单寂寞。

飞船进入太空，向纵深驶去。我每天得工作15个小时，才能使机器运转正常。我注意飞船四周的薄弱环节，还要使引擎保持低温。梅维斯·欧苔（我的密探叫这个名字）煮饭，并且做一些轻便的家务。她在周围安装了好几架微型密摄照相机。它们的噪声大得可怕，我装聋作哑，佯为不知。

我的心情十分愉快。欧苔小姐为人和气，彬彬有礼。飞船运行一切正常，突然，发生了一件意想不到的事情。

当时，我坐在驾驶室里昏昏欲睡，突然看见船舱外面一道强光闪过。我跳了起来，不小心撞倒了站在我背后的梅维斯。（当时，她正往密摄照相机里装胶卷哩!）

"噢，对不起！"我说。

"没什么，不必介意。"她说。

我把她扶起来。我们俩靠得那么近，我感到亢奋，和一种带有危险感的快感。我可以闻到她的"金星五号"香水味儿。

"你用不着再扶住我啦！"她说。

"好吧。"我回答，却仍然扶住她不放。"梅维斯，我认识你并不算久，但是……"

"但是什么？比尔？"她问。

神魂颠倒的一刹那，我忘记了她是我的侦探。我自己也不知道自己说了些什么。但是，就在这时，飞船外面又掠过一道闪光。

我松开梅维斯，连忙把飞船的驶速一直降到零；然后，朝四面张望。

外面是辽阔无垠的宇宙。我看见了有个身穿宇宙服的小孩儿，坐在一块太空流石上面。他一只手捏着一盒信号火箭，另一只手里抱着一只小狗。小狗的身上也穿着宇宙服。

我连忙把小男孩救进飞船，解开他的宇宙服的扣子。

"我的小狗……"他说。

"它乖乖的，放心吧。"我告诉他。

"实在抱歉，我是个不速之客。"他说。

"没关系。"我说，"你干吗要在空旷无际的宇宙空间流浪。"

"啊，先生！"他尖声尖气地回答，"我得从头说起。我爸爸是一艘飞船的船长，在一次飞船试航的时候不幸死了。他是一个勇敢的人。不久以前，我的妈妈改嫁了。她现在的丈夫是个大块头，长着一头黑发，两只小眼睛，两片嘴唇老是绷得紧紧的，一副凶相。直到不久以前，他一直是一家大百货公司的售货员，专卖缎带。他向来不喜欢我，这也许是因为我的模样使他想起我去世的父亲的缘故吧——我有一头金色的卷发，一对大眼睛。我们俩相处得很不好。

"不久以前，他的叔叔死了（我怀疑是他谋杀的），接着他继承了那个老人在'大不列颠空间'的一笔遗产。因此，我们登上飞船，开始星际航行。

"我们一到达目的地，他就对我妈说：'雷切尔，孩子已经长大，可以自己照顾自己了。'我妈妈不同意，她说：'德克，他还太小啊！'

"但是，妈妈性格软弱，拗不过她的丈夫（我拒绝叫他'爸爸'）。他强迫我和小狗弗利克穿上宇宙服，再塞给我一盒信号火箭，说：'现在的小青年都能在宇宙太空中自己照顾自己啦！''先生！'我提醒他，'离这儿最近的一颗星球，也有几百万公里的路程呢！''说得对极了！'他面露狞笑，把我一推，推到了那块太空的流石上面。"

小孩儿停下来换了口气，小狗弗利克也抬起头来瞧瞧我，眼泪汪汪。我给了小狗一碗牛奶，里面放上几块碎面包；一面瞧着小孩儿吃他的那份儿白脱面包。梅维斯把小孩儿带进卧室，轻手轻脚地把他弄上床。

我回到驾驶室，重新开动飞船，同时打开了飞船各舱之间的电话对讲机。

"醒醒，小傻瓜！"——我听出来是梅维斯的声音。

"你让我睡一会儿吧！"小孩儿回答。

"醒一醒！政府特别侦探处已经委派了我来监视他，为什么要派你来？他们真如此健忘吗？我真想弄弄清楚，这到底是怎么一回事！"

"现在，他的身份已经改变啦。"小孩儿说，"他变成'10F'类的人物了。因此必须尽量由最出色的侦探来进行监视。"

"那么，我不是已经在这儿了吗！"梅维斯气呼呼地说。

"最近的那一回，你干得太差劲啦！"小孩儿说，"我很抱歉。不过，小姐，政府需要的可是第一流侦探啊！"

"所以，他们就派你来了，对吗？"梅维斯大声叫着，"哼，一个12岁的孩子……"

"不对！再过7个月，我就13岁啦！"

"一个12岁的毛孩子！而我可是埋头苦干的过来人哪！我上过夜校，进行过阅读和研究……"

"这个消息，确实对你打击太大。"小孩儿同情地说。"其实，我也并不是真心想当密探，我的理想是成为一名宇宙飞船的船长。像我这个年龄的孩子，做密探是进入宇宙的唯一途径。你认为他会让我驾驶一艘飞船吗？"

听到这里，我猛地关上对讲电话。哼，两个专业密探一道前来监视，我真该感到不胜荣幸之至！这说明我还真是个举足轻重的人物。

但事实上，我的密探只不过是一个姑娘和一个12岁的小孩子。在政府侦探人员的秘密名单上，他们也许只是些末流货。

从某种意义上说，政府仍瞧不起我。

接下去的旅行，一切正常。小罗伊（那个男孩儿叫这个名字），操纵着飞船的方向，小狗乖乖儿地坐在他身旁；梅维斯还是煮饭和做家务；我则担任修补飞船薄弱环节的工作。我们大家都很愉快。

我们发现了一颗渺无人烟的星球。它和地球一模一样。梅维斯喜欢这个星球，因为它的体积不大，令人愉快；也因为它拥有绿草如茵的草坪和浓荫遍地的森林，就跟诗集上描写的完全一样。小罗伊则喜欢它那清澈的湖泊和延绵的山岭（它们不高，小孩子也爬得上去）。

我们登陆了，开始安家落户。

首先，我从飞船的冷冻箱里把各种各样的动物取出来，让它们还暖。一会儿，它们全部恢复了知觉。

它们顿时成为罗伊的心肝宝贝。他郑重宣布自己是牛马的主人，猪羊的看倌，鸡鸭的监护人。他忙于照看动物，秘密小报告却越写越少，最后干脆搁笔不干了。

事实上，你也不能对他这种年龄的密探寄予过高的期望。

我开垦了一块土地，然后就约梅维斯一起到浓荫遍地的大森林去远足散步；森林的周围是一片鹅黄翠绿的田野。一天，我们俩坐得很近，在一片小瀑布边上共进野餐。梅维斯漂亮的头发披散在两肩，闪闪发光；深蓝色的眼睛望着远方，茫然若失，她看上去一点儿也不像个密探。"但是，她却是一个密探。"我心里一遍一遍地警告自己："她是派来监视我的！"

"比尔！"她打破了长时间的沉默。

"怎么？"

"没什么。"她伸出手去拔地上的青草。

我不知道她要说的是什么。她的手抚弄着草坪，一点儿一点儿地移到我的手旁边。我们俩的手握住了，手指紧勾着手指。

好久，我们谁也不说一句话。我从来也没有这么快活过！

"比尔！"

"梅维斯！"

"比尔，亲爱的，你是否曾经……"

我永远也不会知道她下面要讲的是些什么话了，我也永远没法知道自己会用什么话来回答她，因为就在这时候，一阵引擎的"隆隆"声传来，破坏了我们两人之间心心相印的沉默。

不一会儿，一艘飞船从天而降。

一个满头白发的老人从崭新的飞船里面钻了出来，自称"爱德华·沃利斯"。他穿着一件脏雨衣，帽檐压得很低，几乎遮住了眼睛。他是"清流"公司的净水机推销员，在星际飞来飞去推销产品。我表示这儿不需要他的净水机。他说了声"对不起"，就走开了。

但是，他并没有走远。几秒钟之后，他的飞船的引擎就熄火了。

我检查了一下引擎，发现用现有的简单工具来修理，至少要花一个月的时间。

"实在太倒霉了。"他说，"我很抱歉。不过，我大概只能留在这个星球上了。"

"我想也只能如此。"我说。

他瞧了一眼那艘飞船，面露愁容地说："我搞不懂它怎么会出毛病的。"

"也许是你自己把发动机的管道锯断的吧！"我说完，走开了。我亲眼看见发动机管道上有锯过的断痕。

沃利斯先生装聋作哑，只当没听见。那天晚上，我听到他用一架性能良好的宇宙电台在发报。显然，他的地球本土的办公地点绝不是什么"清流"公司，而是秘密警察总部。

沃利斯先生干起农活来倒挺有两下子。尽管一天的大部分时间要拿着照相机或者笔记本躲在树后面，监视别人，他却还是把土豆和胡萝卜种得井井有条。

罗伊干得比谁都要起劲，像个年轻力壮的农民。梅维斯和我再也不到森林和草坪去散步了。所以，我们之间还有些话始终没有出口。

我们小小的领地上，一切正常。我们还有别的客人。一天，国家侦缉局来了一对夫妇，他们伪装成采集果子的旅行者。接着，秘密情报部又派来了两个自称是新闻摄影记者的姑娘，还有一个暗中监视我的品行的"青年记者"。

他们毫不例外地都是因为飞船引擎故障，留下不走了。

我既骄傲，又惭愧——居然派了半打密探来监视我，然而他们又全都是些三流货。在我的星球上呆了两三个星期之后，他们都变得非常热衷于农艺，几乎把自己的侦探本行都丢光了。

一时间，我感到十分不快。政府似乎把我这儿当成少年侦探的训练所，要不就是老迈无能侦探的养老院。

不过，我对此也并不耿耿于怀。说句实在话，现在我比在地球上的任何时候都感到幸福愉快。我的密探们都是一些很容易相处的好帮手。

我们小小领地上的生活，幸福而安逸。

我看，这一切将永远维持下去。

可惜，好景不长。一个阴森可怖的夜晚，所有的人都似乎特别忙乱。所有密探的电台都打开了，像是正在接受什么重要的指令。为了省电，我甚至不得不叫几个密探合用一部电台。

终于，所有的电台都关闭了。密探们开始开会。我听到他们喊喳低语，一直谈到次日清晨三点钟。第二天，所有的密探都聚集在飞船的起居舱内，愁云满面。梅维斯代表大伙，走上前来对我说：

"出了一件不妙的事情。"她说，"不过在告诉你之前，我们还准备要先说清楚另外一件事情。比尔，我们没有一个人是表面上看来的那种正人君子，我们都是政府的密探。"

"噢，真的吗？"我故作吃惊，不想伤他们的心。

"完全是真的，比尔。"她说，"我们一直在监视着你。"

"是吗？"我再一次表示惊讶，"梅维斯，连你也是在监视我吗？"

"对的，我也在监视你。"梅维斯十分沮丧。

"好了，现在这一切都结束了。"小孩儿接着说。

这真是一个晴天霹雳！"为什么？"我问。

他们面面相觑。最后，沃利斯先生一面用苍老的手把他的那顶帽子折来折去，一面回答：

"比尔，政府的科学家和律师们刚刚发现，这块宇宙空间原来不是我国的领地。"

"那么，它属于哪一个国家？"我问：

"别激动。"梅维斯说，"好好儿听我说。国际协定里忘记了登记这块空旷浩渺的空间，现在哪一个国家也不能占领它。比尔，由于你是第一个在这儿登陆的人，这颗星球和它周围的几百万里的宇宙空间也就都成了你的领地。"

我惊讶不已，一句话也说不出来。

"所以，"梅维斯继续说，"我们没有权利在这儿继续待下去。我们将马上离开。"

"不，你们不能走！"我大吼一声，"我还没有把你们的飞船发动机的管道修好呢！"

"每一个密探都带着备用的发动机——也带着备用的锯。"她轻轻地说。

"永别了，比尔！"梅维斯说着，和我握了握手。

我看着她朝沃利斯先生的飞船走去。这时，我突然意识到——她再也不是我的贴身密探了。

"梅维斯！"我大叫一声，追了上去。她加快脚步，走向飞船。我抓住她的胳膊，"等一等！我要告诉你一句话。这句话，我在飞船上、瀑布旁，曾经一再想说，但是一直没有说出来！"

她企图挣脱自己的胳膊。我只好凑着她的耳朵说：

"梅维斯，我爱你！"

她一听这话，马上扑到我的怀里。我们接吻了。我告诉她：她的家就在这儿，在这个星球浓荫遍地的森林和鹅黄翠绿的山野之间，和我在一起。她被幸福陶醉了，一句话也说不出来。

梅维斯就此留了下来，小罗伊也改变了主意。至于沃利斯先生嘛，他的土豆和胡萝卜即将成熟，他要留下来照顾它们。每一个人都找到了一个必须留下来的理由，不走了。

这儿，我是主人、国王和总统——反正我爱怎么称呼自己都行。各个国家的密探（不仅仅是美国）源源而来。为了让大家都有吃的，没多久，我就不得不由国外进口粮食。但是，其他空间的统治者们却拒绝供应。他们认为我在收买和策动他们的密探叛逃。

我发誓没有干过这种事情！密探们不请自来，我可丝毫没有怂恿过他们。

我不能辞职，因为我是这儿的主人。我也不能把密探们赶走，因为我的心肠太软。所以，我就不折不扣地陷入了窘境。

既然我的人民以前全都是政府的密探，你大概以为他们一定会帮助我统治天下吧！不！他们拒绝帮忙！我是一个农夫星球的国王，没有人会为我去监视别人！

（陈珏　译）

宇宙漂流记

〔日本〕小松左京

　　我和爸爸刚躺到床上，忽然响起了报警的铃声，爸爸连忙从睡袋中爬了出来。

　　在这座"人造航标站OPl7号"上，只有爸爸和我两人。"人造航标站OPl7号"是出入太阳系的航线——冥王星航线——上唯一的一座载人航标站。

　　我叫良雄·KON，今年13岁，是在冥王星基地出生的。由于爸爸工作调动，我便跟着一起来到了这座宇宙航标站上。至于学校嘛，有的。我从冥王星带来了一台"教育机"，它虽然只有一本书那么大，可里面却装着从小学到大学的全部课程。这台机器就像一位严厉的老师。我已在这航标站上生活了三年，并不感到寂寞。这里可以收到冥王星基地的电视节目，每年还有四次机会到冥王星上去玩玩。

　　冥王星是进入太阳系后的第一站，在到达冥王星之前，先要在我们航标站附近更换动力或接受检疫，这种时候，我常和爸爸一起去听那些远航归来的宇航员讲有趣的故事。所以如果是通知有恒星际宇宙飞船靠近的美妙动听的钟声，那我打心眼里高兴。不过报警的铃声却很叫人讨厌。

　　有一次一颗有半个月亮大的流星以很快的速度朝航标站飞来。那流星是个巨大的磁石，航标站差点被它吸过去，站上的机器也都因磁场的作用而失灵了。所以,我一听到那刺耳的警铃声,就不禁毛骨悚然。

我赶快来到控制室,看到爸爸正和冥王星航线指挥总部的威巴先生通话:"12小时前,一艘近距离宇宙飞船失踪了,可大约在20分钟以前,我们又突然发现了它,它正以每秒200公里的速度向航标站飞去,请你们迅速采取紧急措施。飞船船名:'宇宙呼声号',220吨,识别番号ZA306,火星教育部所属太阳系游览火箭载有六名13至15岁的儿童……"

爸爸表情严肃地关掉对讲机,命令我立刻将雷达调到最大功率,然后便开始换宇宙服。

与此同时,扩大器中传出"嘟——嘟——"的信号声,电光板上打出一行字:

Z……A……3……O……6……

"爸爸,来了'宇宙呼声号'!它就在附近,最多不超过30万公里。"

我急得满头大汗,一个劲儿地用无线电通信机呼叫"宇宙呼声号",而它却毫无反应。这时爸爸已顺着紧急出动滑降道滑到了航标站底部进入了停在那儿的救助飞艇。

我连忙走到透明球体的前面,那上面布满刻度,透明球体显示宇宙空间。我打开第一个开关,球的上部出现一个绿色的光点,那就是我们雷达追踪的宇宙飞船,我再打开第二个开关,球体上出现一个小红点,那就是救助飞艇的飞射方向。当红点和绿点接近时,我按下了"允许发射"的按钮。

刹那间,爸爸的救助飞艇腾空飞起。

"良雄——"爸爸痛苦地呼唤着我的名字,一定是由于加速度过快,导致爸爸体重急剧增加六倍,连张嘴说话都很困难了。"呼声号从雷达上消失了,迅速确认方向!"

我抬起头,重新注视荧光屏,光点果然不见了。竟有这样的怪事?

"救命啊!"这声音不是从耳朵传来的,而是直接响在脑海里的。

我抓起对讲机,正要向爸爸报告,几乎就在同时,冲撞报警器发出震耳欲聋的声响。荧光屏上出现的那只巨大的宇宙飞船正以每小时30公里的速度缓缓地移动着，离航标站仅五六百米。

"救命啊！"呼救声再次响起，"我叫卡尔，我们这里有六个人和一只动物，我们的无线电通信设备失灵了，我正用精神感应法同你讲话，趁宇宙飞船还没跳跃，快救救我们！"

我飞快地跑到隔壁房间，将所有宇宙服统统扔进紧急出动滑降道，然后自己也滑了下去，坐进一只双人宇宙飞艇"银星号"。

我死死地盯着机库的气压表，终于闪光指示灯变成表示真空的鲜红色，旁边的紫色信号灯也一明一暗地闪动起来，这表示可以出发了。

我小心翼翼地把写着"1"的操纵杆推向前方，"银星号"出现一阵微动，机库大门打开了。

我推下2号操纵杆，钳着"银星号"的巨大铁臂——发射台缓缓地将"银星号"推出机库。

我提起3号操纵杆，将那擎着飞艇的铁臂高高举起，此时，"宇宙呼声号"与"银星号"正处于相对而视的位置，距离仅三四千米。

我吃惊地发现"宇宙呼声号"全身闪着银光，且银光里又带有粉红色。我断定"宇宙呼声号"一定是出了什么问题。

我急忙将飞艇发射操纵杆向前推进，巨大的铁臂放开了"银星号"，轻巧的小艇滑向宇宙。

我一边操纵飞艇一边用对讲机同卡尔联系：

"请将飞船的行李筒伸过来，行吗？"

我已经来到"宇宙呼声号"跟前，在船体侧面找到了一个用红色发光涂料画出的圆圈。我看着圆圈中的符号，心想，这大概就是行李筒吧。想到此，我放出两只磁铁制成的锚，将"宇宙呼声号"和"银星号"连到了一起。

我慢慢开动着倒车引擎，这时"宇宙呼声号"船体上红圆圈部分开始伸出，直径约四米的一只圆筒正对着"银星号"缓慢地伸过来。当它伸出有10米左右时，两端的门打开了。

我将引擎由倒车改为前进，缓缓地向那敞开的门接近。就在飞艇即将钻进行李筒时，我发现一个奇迹，不禁大叫起来：

"卡尔，'宇宙呼声号'全身都射着粉红色光芒，太漂亮啦！"

"哎呀，不好，赶快离开！"卡尔发出惊叫。

但是，晚了。飞艇已滑入到行李筒里去了。

这时，"银星号"忽上忽下地颠簸起来，船身一下撞到了墙壁上，但墙壁却像用橡胶制成的一样柔软，又将"银星号"弹回到对面。

在极为强烈的震动下，我全身如散了架一般，头痛得快要炸裂开似的。我失去了知觉。

当我醒来时，发现自己已躺在床上，12只不同颜色的眼睛充满不安地注视着我。

他们告诉我，现在"宇宙呼声号"已经远离太阳系，这只宇宙飞船一跃飞出了一亿公里，多奇怪的现象！

最后，我们互相做了介绍：灰眼睛男孩叫吉尔，15岁；东方人长相的男孩叫查恩，14岁；黑人小孩布卡，12岁；那个呼救的卡尔是个金色眼睛的男孩，13岁；还有两个女孩：一个叫路易莎，金发蓝眼，14岁；一个叫梅伊，褐色眼睛，12岁。我们成了很好的伙伴。

假如有人突然遭到不幸，或突然遇到危险，这时，什么最重要呢？这是爸爸常叫我思考的问题。

遇到这种情况，千万不能慌张，最重要的是临危不惧，沉着、冷静地思考，尽快查找出危险的原因，然后妥善处置。尽可能不要单独行动，要尽量争取外援，要尽最大可能争取生存，要和在一起的人同心协力、避免冲突。

想到这儿，我向吉尔询问飞船上的粮食贮存情况。

吉尔低头想了想说："我查过了，这只飞船原来是太阳系中的近距离游览飞船，所以没带很多的食物。"

其他的孩子也对这只船表示不理解。比如世界上速度最快的光每秒也只跑30万公里，而这只飞船一跳竟是光的三百倍，这简直就是用物理知识解释不了的怪现象！

"你们能不能从头给我讲讲'宇宙呼声号'是怎么起飞的？飞船上为什么一个大人也没有？"

吉尔点点头，大家也都围拢过来，只有卡尔开始显得局促不安。

吉尔开始用平静的语调讲起他的经历："我们都住在火星的埃利休姆市，从小就在一起。只有卡尔是四年前从地球上来的，但我们很快就成了好朋友。后来，我们听说埃利休姆市博物馆来了一只新的太阳系游览宇宙飞船，于是就赶去看看。值班员跟我们很熟，就把我们放进去了。"

"当时，'宇宙呼声号'停在'仓房'角落里待检修，我们兴冲冲地凑到这间'活动教室'跟前。这学期末，班上的同学们将要一同乘这只飞船去木星卫星基地，我们很想先看看这只飞船是什么样子，然后报告给大家，让他们高兴高兴。"

"我们走到宇宙飞船近前，梅伊发现升降口的门开着，有一只梯子在那里，就偷偷地钻了进去，经过客舱，一直走到驾驶舱。"

"查恩坐到了正驾驶席上，把手伸向开关。"

"'别动！查恩！'路易莎喊叫起来。"

"就在这时，下面传来砰的关门的声音，大家都吓坏了。但查恩确实没有碰开关，而且动力也是切断着的。"

"突然间，飞船摇晃起来，所有的墙壁都放射出粉红色的光。大家一下子被摔倒在地上，紧接着便感到一阵恶心。"

"这一切很快就过去了，大家从地上爬起来。卡尔从驾驶舱的小窗口向外望去，禁不住惊叫起来：'不好啦！飞船正在向宇宙飞行！'"

"事情的经过就是这样，"吉尔说，"直到和你取得上联系，我们在太阳系一直被一种奇怪的力量抛来抛去。"

"但是宇宙飞船为什么会跳呢？"

"不知道，假如我们找到使飞船跳跃的原因，我们就可以使它改变方向，向太阳系方向跳跃。"吉尔低声说。

正说着，跳跃又开始了。这次跳跃时间很长，而且很剧烈。跳跃终于停止了。路易莎却尖叫起来："快来看呀！'宇宙呼声号'正朝着一个从没见过的星球接近呢！"

大家急忙冲到窗前向外望去，外面是耀眼的红光和白光组成的旋流。

大家都屏住呼吸，注视着这颗奇异的星球。在这颗扁平的、巨大的、正在燃烧着的星球旁边，有一颗放射出刺眼的白光的小星球。它正对着大星球的那一面有些突起，呈圆锥形，很像梨的上半部。

那颗放射着红光的大星球，从中间喷出两道暗红色的气流，朝着那颗小星球，一左一右地将它夹住，并越过它，在黑暗的宇宙中卷起血一般的旋涡。旋涡的尾部像一条怪状的巨大的尾巴，直朝我们的"宇宙呼声号"伸过来。

是三重连星！

吉尔解释道："在地球上看到白太阳只有一颗，可在宇宙中往往是二颗或三颗太阳连在一起的。一颗亮的太阳和一颗暗的太阳共同围绕一个重心旋转。当暗的太阳运行到亮的太阳前面，遮住亮的太阳时，如果用望远镜观察，就会觉得那颗亮的太阳的光一下子减弱了，这叫'食变光星'。在宇宙中，有不少二重太阳、三重太阳，这样的连星。"

这时，卡尔脸色苍白地问道："吉尔，这艘飞船朝三重太阳移动的速度大约是多少？"

"估计不会太快。"

听到他的解释，我不禁大声喊道："那可就不得了呀！这只宇宙飞船在三重太阳的动力圈里以多大的'运动量'（重量×速度）运动着，这是我们不知道的，但如果相对于那颗星星几乎是不动的话，那么我们的飞船就会朝着那颗太阳落下去。"

"你说得对。"吉尔敏锐地朝窗外望去。只见一红一白的两颗星星几乎一动不动。

"现在我们必须开动这只船，我大体了解远程宇宙飞船的动力系统和操纵原理，而且从空中发动引擎，危险会很少的。"我说。

"大家都到驾驶舱去看看！"吉尔喊了一声。

我在驾驶席上坐稳，打开了主电源的开关。这时卡尔找到了操纵指令软件。

咔嚓，响起了按键的声音。磁带里传出一道道指令，要求检查各项设备、仪表。我急忙按照指令按动许多按钮。绿色指示灯亮了，它表明一切正常。

这时，计算结果出来了。我们距红、白两星三亿五千万公里，这相当于地球到太阳距离的二到三倍。辐射量虽然还不清楚，但它们的体积相当于太阳的二百倍，我们的飞船正以相当快的速度向那里坠落下来，必须马上脱离！

"等等！"一直在观察雷达屏幕的布卡喊起来："右舷40度方向发现一颗行星，很近！"

"卡尔，把握住方向！"查恩厉声命令道："千万别撞上那颗行星！"

这时我发现卡尔被查恩这么一说，脸白得像张纸。他把身子伏在罗盘上，避开了我的视线。

布卡迅速用望远电视捕捉到那颗行星，开始调节光谱分析仪。

"这颗行星距离我们约70万公里，直径约9500公里，比地球略小，反射能力很强，外围有一层很厚的大气层，其中有水蒸气、40%的氧气、40%的氮气，两极有小极冠，好像温度不高。啊！光谱仪上出现了植物带吸收线！"

吉尔仔细地考虑了一下，"我们的粮食不够，而且水的再生净化装置也出了毛病，需要补充用水。卡尔，修正航向，接近那颗行星。"

我一直望着卡尔，这时，大汗淋漓的卡尔脸上竟流露出一丝坦然的表情。

我用力按下化学燃料火箭的点火按钮，自控飞行器运转正常。

这枚火箭上装有起飞、着陆和紧急启动用的化学火箭，也装有远程离子推进火箭。

离子火箭是将金属钾和铯熔化，喷射到白炽的钨上，产生阳离子磁场，它加速喷出时，虽推力不大，但用少量燃料就可维持较少时间的运行。

化学火箭主要是用液态氧、轻油或者固体氟化物做燃料。要想在短时间内达到很快的速度，还是化学火箭的效果更好。

加速度4G，大家的体重增加了三倍，速度也在不断加快，达到了时速7万2千公里。我按动火箭转换钮，加速表指针一下子回到1G。

几个小时后，"宇宙呼声号"进入了一颗不知名的行星的卫星轨道。我发现，这颗行星和地球极其相似。重力、大气、地形都很相似，有陆地也有海洋。

"是不是干脆进入着陆状态？"我一边准备启动制动火箭一边说。

这时，我又注意到卡尔神情有些异样。他用出神的目光盯着望远电视，眼睛里放着奇异的金光。

这是一颗奇特的星、暗淡的星。它的表面既没有花朵，也没有沙漠，整个星球表面全都被一种厚叶子的植物覆盖着。

在卫星轨道上，我将驾驶舱从飞船船体上分离了出去，利用驾驶舱自身携带的逆向火箭进行着陆。在此期间，飞船船体将继续在轨道上飞行。返回船体时，用驾驶舱上的火箭起飞，然后追上在宇宙空间飞行的船体，与它对接。

我们一面减速，一面寻找着陆点。

"看啊！有一片湖！"梅伊大声喊叫起来。

那是一片圆得像用圆规划出来的人工湖！湖边有一片宽约二百米的黑黝黝的土地。高度只有七百米了，我大喊一声："就在湖边降落！"

"良雄！着陆架还没放出来呢！"卡尔说："要不要我来换换你？我长时间生活在地球上，对重力已经很习惯了。我还驾驶过小型气垫船。"

我把操纵系统转换到卡尔坐的副驾驶席上。

卡尔手握操纵杆，紧咬嘴唇，眼睛一眨不眨，全神贯注地盯着电视屏幕。

屏幕上，那条黑带子正在迫近，它比我们想象的更凸凹不平。

巨大的震动摇撼着我们的座舱。喀嚓、喀嚓！座舱好像掉到了什么硬东西上似的，发出吱吱呀呀的声响，好像马上就会粉碎。

卡尔死死抱住操纵杆。在接触地面的一瞬间，我果断地收回三角翼的手柄推了下去。

电视屏幕上出现了交错在一起的网状藤蔓，接着又变成了一片又混又深的水面。座舱东歪西扭地跳跃着前进，最后，转3个圆圈。

"制动伞失灵！着陆架的制动已经到了极限！"卡尔大声喊道。

大家失声叫起来！就在这时，座舱随着一阵猛烈的冲撞，猛然停了下来，我们得救了！

接着，吉尔指定我、查恩、路易莎和他四个人可以穿宇宙服出去，其他的孩子留在舱里。

随着放气的声响，空气门打开了。我们四个人从舷梯上爬下来，伫立在飞船座舱的旁边。

眼前的景象太奇异了！那植物是我们从未见到过的。草的根茎又粗又硬，简直像胶皮管一样。这些植物没有叶子，粗大的"胶皮管"有我肩膀那么高，一根紧挨一根，互相缠绕在一起，好像一张很大的渔网。

在薄云缭绕的天空中挂着一颗葫芦状的太阳，那是两个大小不同的太阳挤到一起形成的。虽说此刻是晌午时分，可周围却是昏暗的，使人觉得阴森。

这时，我看见在与双重太阳相反方向的天空中，出现了一个几乎是正三角形的月亮。一会儿，又有一勾弯月以极快的速度超过它，消失在天空的那一端。我看它出了神，突然再看那正三角形的月亮，不知什么时候它已变成了一个细长的三角形了。

吉尔用吃惊的口气对我说："以那颗月亮的圆缺变化来看，它很可能是个四面体，而且能自转。"

多奇怪的现象！

正在这时，忽然传来梅伊的尖叫声："啊！卡尔！你怎么啦?！你要到哪里去?！"

我们不由得大吃一惊，急忙朝座舱望去。

只见座舱门敞开着，脸色苍白的卡尔，像夜游症病人一样摇摇晃晃走出了座舱。他没穿宇宙服！他那双金色的眼睛里闪着恍惚的神色，飘飘晃晃地像一个醉鬼。

"卡尔！你怎么啦?！不准违反命令!!"吉尔用话筒高声喊道。

卡尔好像根本没听到吉尔的声音，他摇摇晃晃地朝我们走来。他用那双失神的眼睛扫视着我们，好像要对我们诉说什么。

"你们，你们……"卡尔突然倒在吉尔肩上。

这时，耳机里传来布卡的叫喊声："空气里没有什，么细菌！你们可以脱掉宇宙服啦!"

夜幕降临到这个神秘的星球上。那只奇怪的正三角形月亮从傍晚时分就落了下去，到现在还没有露面，而那一勾弯月却已经是三次匆匆而过了。

这时，座舱门打开了，路易莎从座舱里走了出来。

"卡尔怎么样了?"吉尔问。

"他睡着了，给他吃了镇静药。不过他烧得很厉害，一个劲地说胡话。"

布卡好像想说什么，两只手插在裤子口袋里，用脚踢着石头。终于他好像下定决心似的说："我总觉得卡尔好像同这颗星球有些关系，你们怎么觉得呢？"

布卡继续说："我在进行大气分析时，忽然看到卡尔抱着头自言自语地说着什么，好像在和什么人吵架。我只记住了其中两句地球上的语言。一句是：'为什么?！为什么把其他人也……'另一句是：'不行！现在绝对不行！'"

大家都屏住呼吸，静静地听着。在布卡拿出分析结果之前，卡尔就连宇宙服也不穿地走出了座舱，他是否已经知道大气中不含特殊有害物质或细菌了呢？

"这颗星与卡尔能有什么关系呢？卡尔是我们的朋友，是地球上的人。"吉尔严肃地说。

"你对卡尔很了解吗？"查恩说："我听我在地球上的一个叔叔说，卡尔是养子。那是在我们刚出生不久，新加坡的一个村庄遭到一块大陨石的袭击，只有一个婴儿幸存下来，他就是卡尔。"

"卡尔的奇怪之处还不仅仅是这些。"路易莎插话说："我觉得宇宙飞船的跳跃好像跟卡尔有什么关系。我计算过，每次出现跳跃现象之前，卡尔的眼睛准要有些变化，而从卡尔眼睛开始变化到飞船跳跃，中间相隔整整5分钟。"

"啊——"梅伊大叫起来，一个手指哆哆嗦嗦地指着座舱，"有个黑东西在动，在座舱侧面。"

吉尔一下子蹿了起来，路易莎也跟着向座舱跑去。

"有人跑到草丛那边去了！"吉尔说。

"卡尔不见了！"路易莎慌慌张张地喊道。

我和吉尔、查恩抄起座舱中仅有的两支光子枪，顺着地上的鞋印，一直追到一片植物形成的绿色屏障前。

绿色屏障枝条紧紧地缠绕在一起，没有空隙，仿佛连蚂蚁也爬不进去，卡尔到哪儿去了呢？

"卡尔，卡——尔——你在哪儿?!"我大声喊叫着。

突然，我的脑海中又回响起卡尔微弱的呼唤声。这时眼前的那些枝条慢慢地活动起来。原先紧紧缠绕在一起的枝条迅速地分开了，转眼间，我们面前出现了一条由枝条构成的通道。

我们勇敢地走进了枝条构成的隧道中去。

隧道地面很硬，长度约10米。当我们走到四五米的地方时，前面又打开了一段，而后面的枝条却合拢上了。我们被关在里面了!

我们脚下的路突然变得软软的，开始往下陷。原来，我们站着的地面是由许多圆圆的、柔软的、像橡胶棒似的东西紧紧地排在一起构成的。与此同时，"橡胶棒"里还渗出滑溜溜的液体，将我们连推带滑地向前运送着。

隧道不断地向前延伸，弯度也开始加大。我们好像坐在雪橇上似的左右摇晃着，头越来越晕，神志也开始不清了。

就在这时，我突然觉得被抛到了一块硬东西上，后背被狠狠地摔了一下，差点停止了呼吸。可是，这一下却把头晕驱赶跑了。

我们双手按照滑溜溜的地面，好不容易才站了起来。不知什么时候，我们已经走出了那条植物隧道，来到了小土丘旁的一块平地上。

卡尔身上的衣服全都被撕破了，脸色白得像死人一样，眼里却放出奇异的光彩。他也摇摇晃晃地站在小土丘的山脚下。

"我根本没想把你们带到这颗星球，"卡尔用令人毛骨悚然的声音说道："这都是由于那种宇宙的呼叫声！我很小的时候，就经常听到脑海里有一种声音。那声音在宇宙深处，在很远很远的地方呼唤我：'你在哪？

你回来呀！卡——尔——'在火星基地的时候，我又听到那种声音：'时机到了！起飞！'我当时并没有那种想法，可是不知怎么的，我自己不由自主地在心里喊了一句：'起飞！'于是……"

卡尔说完这些，就瘫倒在地。突然，他又爬了起来，摇摇晃晃地向山顶跑去。我们也紧追不放。

当我们拨开荒草追到山顶时，发现小山丘的顶部像被刀切了一样平，一棵草也没有。整个顶部是一块巨大的岩石，像被磨亮的金属一样光滑。有三棵圆柱形的岩石矗立在那里，在它的顶端有闪闪发光的黑色圆球。

那石柱有五米多高，圆球直径有三米左右。

卡尔就倒在石柱下。

突然，我的脑海里又响起了卡尔那种神经感应现象，不过，这声音比卡尔的语调更奇特。

（我是费特，你们是谁？）

"我们是卡尔的朋友！你是谁？"吉尔问道。

（卡尔？是不是这个费特5号？他是我的孩子。我和你们一样是生物，你们刚才经过的是我的身体，现在你们看到的是我的心脏和头部。我有很多的头，可以生孩子。我的心脏寻找撒种的星球，然后将种子撒出去。我已经撒过五颗种子了，费特5号偏离了轨道，不知飞到哪里去了。我现在终于把它呼唤了回来。）

一定是那颗种子附在了卡尔身上，卡尔的谜终于解开了！

费特的种子是无形的，它潜藏在卡尔的意识当中，它也只有附着在别的物体上才能够移动。

虽然卡尔的谜是解开了，可是我们怎样才能返回太阳系呢？

当我们漂浮在宇宙之中的时候，太阳系已经度过了三个月的时光。这一天，"宇宙呼声号"又突然出现在冥王星与海王星的轨道之间！当时，整个太阳系的居民都为之而震惊！

说来也巧，第一个发现我们飞船的竟是我爸爸！

"宇宙呼声号"平安归来的消息传遍了整个太阳系，成了整个太阳系的一大奇闻。

我们，吉尔、查恩、调皮的梅伊、金发的路易莎、黑人布卡、还有我，都被欣喜若狂的父母紧紧地、紧紧地搂在了怀里。

卡尔呢？卡尔也和我们一起回来了。他要是不和我们一起回来，我们是无法回来的！因为能使"宇宙呼声号"一跳跳出几百光年，并且连续跳跃几个星期的，正是寄生在卡尔身体中的那种奇怪生物的无形的种子，它叫费特5号。

学者们想把费特5号留下来研究，但我们不能出卖朋友。于是，我们按照卡尔回来的一种奇特的办法，让费特5号重新寄生在一只小兔子身上。然后，把它放入一只密闭的容器中。

载着小兔子的容器腾空而起，朝无边无际的宇宙深处飞去。费特5号借助小兔子的身体，重新回到了它的父母身边。

卡尔经过住院治疗，不久就恢复了正常。他眼睛里原有的金光消失了，神经感应的能力也随之消失了。但是，他却得到了我们这些非同寻常的好朋友！

我们七个人，虽然散居于宇宙空间的不同地方，但我们的友谊是割不断的。我们常在火星、土星的卫星上或者冥王星上见面，大家凑到一起，就会兴致勃勃地谈起那次奇迹般的冒险旅行。谈够一阵子，我们就跑到天文台去，用电波望远镜捕捉那遥远的宇宙深处传来的奇特的电波。

每当我们听到那哗——哗——的奇特的声音时，就会感到那是从遥远的天际传来的"宇宙呼声"！这呼声告诉我们，在这茫茫无际的宇宙之中，有许许多多的像费特星球那样的星球，人类还不了解它们的奥秘，那呼声招呼我们去探访无尽的宇宙世界。

（艾力　缩写）

飞向人马座

〔中国〕郑文光

"基地发现敌情!"电视电话屏幕上的年轻人惊慌地向电话这端的总工程师邵子安报告。

"霍工程师呢?"邵子安严厉地问。

"正在搜索。"年轻人回了一下头,猛地喊道:"公安部队齐政委来了。"

电话"啪"地关上了。

"快,岳兰,帮我把车子备好。"

邵子安两道浓眉紧紧蹙在一起,样子是那样严峻和冷酷。他不是书斋里的学者,由于长年累月在烈日和风沙的现场工作,他那轮廓分明的脸显得黧黑和粗犷,几道沟壑般的皱纹已经深深刻在宽阔的前额、鼻翼两边和太阳穴上。其实他今年只有48岁。

邵子安和岳兰全副武装,相继钻进无人驾驶的汽车里。邵子安用沙哑的声音给看不见的电子司机下达指令:"1271,开到2004基地,全速!"

小汽车飞速穿行在风雪黄昏之中。

岳兰倒在座位上,用两只手紧紧按照自己急剧搏动的心脏。她的心头,正翻腾着比车窗外的暴风雪还要猛烈的风暴!她清楚地记得,4年前,她还只是一个14岁的小姑娘的时候，也是在这条高速公路上的小汽车里，邵伯伯用粗糙的大手抚摩着她因为剧烈啜泣而颤抖得非常厉害的肩膀，那时，她的爸爸岳悦，2004基地的核动力工程师，刚刚在爆炸事故中牺牲。以后的日子，邵伯伯就像亲生父亲一样关心爱护着她。天呐，宇航基地有多少事情要邵伯伯操心！空中实验室，飞向火星、飞向木星、飞向土卫六，然后又是这个庞大的建设火星实验室的计划……他把只有15岁的小女儿继来撂在上海姥姥家，这次继来放寒假了，刚刚回来一天，就和哥哥继恩，以及继恩的同学钟亚兵，在霍工程师的带领下，到宇航基地去了。

而现在，宇航基地却发生了敌情！

"暴风雪，敌情，宇宙航船'东方号'的计划……"邵子安缓缓地说，"这难道是巧合吗？"

"东方号"预定下星期就出发，到火星去，给上星期刚刚发射的"建设号"上的宇航员运送给养、器材和装备。

半年前，岳兰曾参观过"东方号"，它造得比以往任何一艘宇宙航船都大得多，四级火箭耸立在发射场上，晴天的时候，从42公里外的宇航城就看得见它的炮弹般的尖端，恰如看到遥远的积雪的山峰一样。

"什么样的敌人会丧心病狂地破坏这美好的计划呢？"岳兰疑惑地问。

邵子安沉默着，只把右手朝北方指了指。他纳闷，基地防范那样严密，敌人是怎样进去的呢？

接近2004基地了。就在这时，前方发生了爆炸！浓云急剧膨胀，火光中清楚看见，那只异常高大的宇宙飞船"东方号"，好像挣脱发射架的束缚一样，摇晃了一下，上升了。这时候，才刚好听到爆炸声，不很响亮，好像闷雷，沉重、压抑。

邵子安惊呆了。

自动电子门卫还在30米外就识别出邵子安的汽车，大门自动打开了。

伤痕累累的霍工程师流着泪痛苦地扑到邵子安身上。

邵子安低低地、缓慢地问：

"孩子们呢？"

霍工程师抬起被悲痛扭歪的脸，默不作声地用一双失神的眼睛望着风雪漫天的夜空，那儿，一艘写着 DO NGFANG 这几个大字的宇宙飞船，正在暴风雪之上，在地球大气圈之上，钻进宁静的太空。

邵继恩，邵总工程师的长子，比岳兰只大三个月，待岳兰就跟亲妹妹一样，二人情同手足。继恩是宇航预备学校的学生，特别得霍工程师器重，经常被带到基地实践，简直就是一个候补宇航员了。他瘦瘦的，黑黑的，中等身材，一双眼睛鹰眼似的锋利，而且眼神里透露出坚决、勇敢和智慧。他和同学钟亚兵非常要好，亚兵十分强壮，胸膛宽阔，浓眉大眼，一副运动员的体格。亚兵也是霍工程师的重点培养对象呢。

霍工程师就要对"东方号"做最后一次检查了。他带上继恩和亚兵，做他的助手。小继来这个上海小姑娘对宇航事业很感兴趣，对"东方号"心驰神往，这次她也带上心爱的卷毛小花狗——"花豹"，被特允进入"东方号"。

"东方号"一共长八百米，最粗的地方直径一百米。它就相当于一座两百层的高楼，然而它全部是用金属铸成的。他们过两道自动门才进入驾驶舱。设两道门是为了防止飞船在没有空气的太空中漏失氧气。舱内设有全景电视，在舱内就可以通过它看清外部全况。还储备了供火星工作站一大批人两年用的食物。为了在超重和失重情况下都能正常工作，所有仪器都是用声音操纵的，都标有四位数字的代码。"东方号"是一种奇迹，两千年前建造过伟大的万里长城的中国人民又一次震惊了世界。

霍工程师正在认真地检查各个细部，这时舱内的电视电话屏幕上出现一个年轻人：

"霍工程师，发现一样东西……好像是……一个坠毁的卫星……"

"3025，开！"全景电视上显示出躺倒在发射场西北角雪地里的那样东西。"我去看看!"霍工程师说着就下去了,让继恩守着驾驶舱。

从此,三个还没有经受过生活风雨的青年人就鬼使神差地飞向了茫茫宇宙。

寂静笼罩了基地的休息室。人们陷于极度的悲痛之中。

"报告!敌人的指令已经译好了!"一个工作人员打破了宁静。

齐政委接过一叠纸:"这是一枚真正的人造卫星,的确是坠毁的——表面是由于大风雪……"

"我想知道,为什么我们的反弹道导弹和激光网都没有截获它?"邵子安的声音仍然很沙哑。

"因为它根本不是金属制的。"齐政委说,"这是一种十分特殊的材料,雪片粘在上面竟达25厘米厚,因此外表看来它只是一个大雪球,我们的电子仪器大概也是这么判断的。"

邵子安一双浓眉皱拢在一起。

"雪球一落地就打开了,"齐政委继续说,"跑出四个机器人。两个对警卫人员发动佯攻;一个想占领'东方号',有继恩他们守在那儿,没有得逞;但另一个机器人,却在打伤我们两个警卫人员以后,闯入操纵室,合上了发射宇宙飞船的闸盒……"

"东方号"的最后程序还没有安排好,上面还没有专业人员控制。人们越来越对"东方号"和三个青年人担心了。

如果在飞行33秒后不停止加速度,那么它的速度将达到每秒四万公里!

邵子安试图和"东方号"联系:"'东方号','东方号'!……孩子们,回答我呀!"

没有回音。

总指挥鲁健说:"代价当然很大,但也不是无可挽回。'团结号'要求两个月内发射,之后立即建造一艘速度更高的宇宙船。不是还掌握着'东方号'的轨道根数吗？那么就准备设法和他们联系上。"

朔风怒吼，雪花飞舞的地球大气层很快落在后面了。宇宙飞船进入宁静、寂寞的宇宙空间。"东方号"仍然在加速。

钟亚兵第一个醒过来。巨大的超重正紧紧压着他。全景电视还在开着，外面的星空瑰丽而神奇。他意识到，他已置身宇宙空间了。

"3025，关！"他记起了这个号码。全景电视关掉了。眼前是明晃晃的驾驶舱。继恩和继来也清醒过来。

在超重作用下，动一动手指头都非常困难。但他们知道，这是一场灾难。他们毫无准备地被抛到地球外面，远离父母，远离集体，远离祖国。他们只是在宇航预备学校里学过一些初步的专业知识，但他们不得不承担一个重任：把器材和给养送到火星上去。这个任务他们完成得了吗？

"孩子们……回答我！"这时电视电话传来邵子安微弱的声音。

啊，地球上正在找寻他们！

继恩和亚兵都努力地往电视电话前蠕动，但白费力气。

继恩看见了仪表桌上的时间：1月13日13时07分。这意味着，他们离开地球已185小时了。难怪亚兵直喊肚子饿。但有比肚子饿更重要的事情，继恩根据掌握的数据，经过思索，飞船的速度竟是每秒四万公里！

"'东方号'！'东方号'！"他们又听到了微弱的呼叫。

"我们在这儿！"继来从肺腑里迸发出一声尖锐的喊声。然后她不动了——她虚脱过去了。

就在这一刹那间，飞船重重地颠颤了一下。几个人，连同卷毛狗"花豹"，都被抛了起来。

他们竟然飘浮在空中了！

这里已没有了地球引力，现在处于失重状态。他们想吃食物了，食物也飘了起来。

自从没有超重的束缚，继恩就立刻扑到一长列仪表桌上，审慎地观察着这些仪表读数的变化。电视电话的屏幕大概是受到来自宇宙空间的电磁波的严重干扰，根本收不到信息了。看来，跟地球的联系已经中断。

继恩试着操纵这些仪表，他突然发现，发动机的加速停止了。什么原因呢？

他按下一个按钮。荧光屏上出现了几行清清楚楚的数字：

加速度：0

瞬时速度：39978公里／秒

里程：133亿公里

"我们已经飞出太阳系！"亚兵惊呼道，"怎么办？快掉头！"

继恩一言不发，坚决地按下另一个按钮：

燃料贮量：0

继恩重重地摔在沙发上。没有燃料，"东方号"就完全失去控制，它成了宇宙空间中的一个流浪体；三个伙伴，也将永久地流浪，直至一切贮藏的食物都消耗完毕……

然而，他们并没有绝望。他们在严峻的道路上开始了特殊的生活。他们要利用宇宙飞船上的一切可以利用的东西，寻找新生。

带日历的小钟指着1月20日上午9时。三位"宇宙旅行家"离开地球整半个月了。他们已经习惯了飞船上的生活。

"东方号"的确是新世纪的杰作，它分明就是一个"家"，船舱本身有一套完整的生态循环系统。日常生活是没问题的。继恩还找到了"东方号"的设计图纸，利用微缩晶体片，还可以通过一个专用屏幕阅读学习呢，"东方号"简直就是带了个图书馆上来，并且还能在屏幕上写日记，输入计算机贮存起来。

继恩萌生了一个想法：宇宙空间充满能量，能否利用它来代替燃料，驱动"东方号"呢？

冬去春来。地球在自己的轨道上，以每秒29.79公里的速度绕太阳转圈圈儿，但是这种变化对于"东方号"的乘客来说是毫不相干的。在宇宙空间里，没有四季变化，没有白天黑夜，没有风霜雨雪，当然也没有花香鸟语。他们认识时间，只靠那带日历的小时钟。不过，他们却逐渐成熟起来，包括生理上，更包括心理上，特别是对于天文学知识，他们都在迅速长进。

但是，结局又会怎样呢？继恩心里有一个没有说出的隐秘思想：他还可以寄希望于地球，地球上的祖国和亲人，在科学技术一日千里的时代，终归会跟"东方号"联络上的。他们不是还掌握着"东方号"的轨道根数吗？

他们穿上宇宙服——这不是刚进入"东方号"穿的那种轻便宇宙服，而是有点像潜水服那样的、保持身体各部分等压而又跟外界完全绝缘的宇宙服，连着透明的头盔，头盔上有天线，通过头盔里的一部微波电话机交谈。它能够防止宇宙线和空间各种各样高能粒子的袭击，而且带有足够两小时用的压缩氧气。宇宙服里还有一部小型的喷气发动机，便于在宇宙空间做短距离的飞行。当然，宇宙服里还有电热器，保持着适合人体的温度，防御着外界零下270度的低温，还有一根特制的绳子，可以连接在飞船外壳上的一些钩子上。

继恩和亚兵就穿着这样的宇宙服，拿着极其先进的准备安装的望远镜，步出宇宙飞船。他们在密封的驾驶舱内已经待了一年多，现在出来，是多么惬意呀！

继来打开全景电视，羡慕地看着两个人在外面安装望远镜。

继来不知道，宇宙飞船再快，船舱外的人还是不会落在后面的。因为他们也具有了宇宙飞船一样的速度——他们也正以每秒四万公里的速度飞奔哩，只是在没有空气的宇宙空间中，他们感觉不出来罢了。

继来忍不住了，她穿上一件较小的宇宙服，但对她来说，还是比较肥大的，于是把围着她转的小花豹塞到腋下。

她学着哥哥的样子，飘出舱门，她感觉来到了一个奇妙的世界。但她还不熟练宇宙服的使用，于是慌乱起来，小花豹也在里面躁动不安。

过了一会儿，继恩看见妹妹挂在半空中，一动不动，他断定出了问题。

亚兵焊完最后一个接头把继来已经僵硬的身体抱进宇宙飞船里。

继来的眼睛睁得大大的，但是呼吸已经停止了。

继恩和亚兵慌乱地给继来做人工呼吸，总算把一条生命从死亡线上夺了回来。

但另一条生命——小花豹却死了。

什么原因呢？原来，继来的宇宙服上有个很小很小的洞，洞边有一排牙齿的印痕。小花豹惹的祸，在宇宙空间，宇宙服一漏气，人就别想活了。

新的宇宙飞船被命名为"前进号"，邵子安想让岳兰当它的船长。四月间，岳兰还乘坐一艘登月飞船，到月球上进行了一次实习飞行呢。

"东方号"上，继恩正在设想，能否在飞船尾部安装一个装置，把宇宙线的能量贮存起来，作为飞船的动力呢？他和亚兵钻研起来。继来的身体经过继恩和亚兵的悉心治疗和照顾，慢慢地恢复着，她每天都坚持记日记。

他们不断地学习，不断地工作，尽管想念祖国和亲人，但生活一点也不单调，通过电视图书馆，可以看各类书籍，听音乐，还是蛮有情趣的。

后来他们还发现了一颗"超新星"。超新星，到目前为止，人类历史上只发现过八颗。他们记录在案，待日后仔细研究。

地球上的2004基地也观测到了这颗超新星的闪烁。当时岳兰正和高中时的同学宁业中遇见，谈论继恩他们呢。宁业中和继恩他们也是好朋友，他读高能物理系，对宇航有着浓厚的兴趣。他高高瘦瘦的个子，戴着一副高度近视镜，有个绰号叫"博士"。岳兰发现了超新星的闪烁，她急忙跑向基地，报告了邵子安。他们为这一发现而激动不已。

正当他们的科研工作有条不紊地进行时，不幸的是，又一次世界大战爆发了！

超新星还是那样光辉夺目，亚兵拍了大量的照片，整理出许多资料，对它进行着研究。但他的知识还不够，还必须学习，在学习中，他了解了一个科学界还没有确定有无的特殊的天体——黑洞。

黑洞的密度相当大，每立方厘米达到几百亿吨，有着难以想象的引力，它看来完全是黑的，它附近什么东西都要落到它里面去，这也是"黑洞"名称的由来。它周围的物质向它中心坠落，并逐渐变热，形成一个圆盘，并且发出强大的伽马射线——一种穿透力很强的辐射，这种辐射是能探测的。

他们会碰到这种黑洞吗？

地球上，宁业中和岳兰都先后参了军，宁业中搞通信联络工作，这使他有机会研制一种叫中微子电信机的尖端通信设备，如果研制成功，能把信息传到相当遥远的太空，"东方号"如果接收系统正常的话，还能收到呢。岳兰在战争中当了副连长，不断成熟起来。

然而，令人辛酸的是，原来停泊"前进号"的地方，已经变成一片废墟，宇航城已夷为平地。

但是，邵子安他们仍然牵记着"东方号"。

"东方号"有点偏离轨道，如果在前方人马座方向有一颗恒星多好啊，在恒星的吸引下，飞船还会校正航向的。然而这一带是恒星最稀疏的区域之一。

接着，"东方号"就钻进了稠密的星际云。

星际云是由气体和尘埃组成的，会慢慢变成恒星的。它内部很不宁静，密度也不均匀，各部分湍动速度不一样，因此，有的地方稠密些，有的地方又稀薄些，有时形成一些局部的旋涡。

继来用日记记录着他们在星际云中的境遇：

9月14日——正好是我的生日！我们钻进星际云3天了。这简直不是什么星云，而是一缸黏液。什么星星都看不见了，只觉得我们前后左右全是汹涌的暗流，有时把我们的"东方号"往前推，有时又往后操，有时抛起，有时摔下，我们成了疾风暴雨中的气球……

由于该死的星际云的黏滞，"东方号"正在减速，如果星际云很大，飞船就会失去很多速度，甚至完全失去速度……

"那怎么办？"继来问。

"那我们将成为未来这颗恒星的一个原子！"继恩说。

亚兵宽慰地说："这片星际云不至于那么大——我们在进入它以前一天半测量过。如果它大致是球形的话，我们有一年半多时间就能冲过去。"

战争以侵略者的可耻失败告终。人们又陆陆续续回到和平生活中来。

宁业中回到宇航城的时候，岳兰早就参加了重新建造"前进号"的工作。岳兰现在是一个23岁、端庄而成熟的姑娘了，战火的洗礼使她更加英姿飒爽。

他俩一起到邵伯伯家吃饭。

邵子安明显地苍老了。战争期间，他在深深藏在地下的导弹工厂工作，长期见不着阳光，白发也增加了，但依然精神矍铄。

晚饭桌上，邵子安问起了宁业中研究中微子电信机的情况。

宁业中说，战争期间，他做过试验，中微子电信机千分之一秒钟能扫描一个平方弧秒的天区，也就是扫描"东方号"所在的天区，顶多四个半月时间。中微子束到达"东方号"需九个月时间。

邵子安鼓励他好好干，并告诉他，"前进号"再有一年就建造好了。

十月间，一切工程都基本完成。2004基地上，又耸立起新的"前进号"高高的塔尖。岳兰给宁业中当助手，试验他的中微子新机器。开动机器的头一天，总指挥、邵子安、霍工程师都来了。他们先向人马座——"东方号"

最初飞出去的方向探测。

看不见的中微子像一支无形的锥子刺透天空。操纵台的屏幕不断地变换着，显示出中微子所到处的景象。

他们在即将发射的"前进号"上也装置了这种中微子探测器，以便一路飞，一路勘测"东方号"的踪迹。

"东方号"上，继来的心情十分忧郁：小花豹死去四周年了，她是多么想它呀！花豹这会儿怕早已变成一块僵硬的石头，在宇宙空间流浪吧？

飞船的速度已经降低到只有每秒二万五千二百公里，而且他们根本就不知道向什么方向飞。哥哥许诺说，他的研究快要出成果了——那时，就会摆脱这种糊里糊涂的尴尬境地。什么成果？她不知道，但是她毫无保留地相信哥哥。

继恩日渐消瘦，他无休止地工作着，他用手工制作了一架样子古怪的机器，把它连接在原来大屏幕上。它在四壁密闭的宇宙飞船内终于开动了……屏幕上，大团大团的污浊的气体在飘浮、旋卷、搅动……继来知道了，这是一个探测某种辐射的装置。她猛地醒悟过来：它是利用中微子在进行工作。她在宇宙飞船上的这几年里，已经学会了很多知识，俨然就是一名大学生了。

一个亮点蓦地在屏幕上跳了出来。

继恩并不停止转动仪器，他一弧秒一弧秒地搜索着另外的亮点。

突然，飞船的正前方，出现了一片雪片似的光亮。

"太阳！"继来悄声地喊道。可不，真的是太阳，继恩还以为是发现了新的恒星哩。他们又转到太阳的方向上了。

也就在这时，不可思议的事，也是令人异常激动的事发生了，屏幕上出现了几行字迹：

"东方号"，"东方号"！继恩、亚兵、继来……救援你们。宁业中。

三个人欢呼起来，眼里毫不顾忌地倾泻出泉水般的热泪……他们终于有了地球上的消息！

仍是宁业中的电报，定是中微子电报，因为继恩研制的仪器只能接收中微子辐射。电文上说，"前进号"马上就要来援救他们了。他们多想向地球回话呀，然而目前还无法做到。

六年了，地球上的科学技术不知发展到了什么程度，都能使用中微子进行通信了，"前进号"不知要比"东方号"快多少倍呢。

星际云慢慢稀薄了，显然已经到达它的边缘。现在，不用中微子探测器，用望远镜就可以看到前半部天空上的星星了。

"东方号"速度仍在减慢。

这时，他们到达了银河系的核。飞船受到一颗恒星的吸引，有了加速度，而且瞬时速度正迅速加大。

这是一个危险的区域。强大的黑洞会把它周围的物质吸引过去，那些物质非常热，热到足以成为等离子体，这种等离子体朝着黑洞做螺旋运动时，速度逐渐增大，形成一个吸积圆盘。

这实在是一场生死搏斗，他们想尽一切办法同黑洞周旋，但无济于事，一股强大的力量把整个宇宙飞船抛了起来。巨大的超重使得三个宇航员一下子失去了知觉。

"东方号"在距离黑洞约八万公里的地方，疯狂地转起圈来。

2004基地，以岳兰为首，宁业中和女飞行员程若红为组员的"前进号"宇航小组组成了。程若红是宁业中的女友，他俩还要在飞行的"前进号"上结婚、度蜜月呢。

出发的一天来到了。仪式是异常隆重的，邵子安分析了情况，进行了详细的战斗部署。

三个宇航员心情激动而复杂地走进"前进号"，舱内的电视屏幕上出现了总指挥鲁健白发苍苍的形象：

"'前进号'勇敢的宇航员们，祝你们胜利归来！邵子安，启动吧！"

三个人既没有听到爆炸声，也没有感到摇晃，只觉得身体往下一沉，宇宙飞船就笔直地朝蔚蓝色的天穹蹿上去，留在地面上的是延伸到四十二公里的一片响彻云霄的欢呼声……

"东方号"被甩出黑洞，几个人慢慢苏醒过来。他们又处于失重状态了。加速度又为0，但是瞬时速度已达到每秒近十五万公里，光速的一半。它正以亚光速飞行！可经过这一转，"东方号"航向何方了呢？无法测定。

"前进号"没有进入星际云，它以右舷擦过星际云的边缘，而且立刻看见了银河系的核。它在茫茫宇宙中搜索着。

"前进号"经历了两年的航程。

这一天，激光探测器的屏幕上忽然出现了暴风雨般的斑点，接着，屏幕像撕裂一样出现一道很浓很浓的痕迹。

岳兰看得发呆了，她甚至没有听见宁业中的叫嚷：

"就是他们呀！"

若红飘过来，拉拉岳红袖子，指指业中。

"刚才过去的就是'东方号'！"业中激动得脸色苍白，"和我们斜斜相交叉，差点儿没相撞……"

"什么？什么？什么？"岳兰连声问。

"赶快掉头呀，我的天！"宁业中喊道，"捆好自己，快，掉头；一百四十度，开动红外跟踪器！"

岳兰机械地照办了。

"前进号"尾巴喷出一股炫目的强光，在太空中急促翻一个筋斗，就斜斜折回去了。

他们刚刚从短暂、但是极强烈的超重中复苏过来，宁业中喊道："加速！"他纳闷，"东方号"怎么有这么快的速度，和"前进号"不相上下。

岳兰打开微波通信设备，开始发报：

"'东方号'，继恩、亚兵、继来！我们来了。'前进号'，岳兰、宁业中、程若红。"

几乎是同时，她就收到回电了：

"'前进号'！非常高兴。你们在哪儿？怎样会合？向未见面的程若红敬礼！继恩、亚兵、继来。"

"三秒。"岳兰高兴地说，"业中，若红，你们看，距离只有四十五万公里。"

"快加速！"宁业中喊道。他启用了电子驾驶员："2012，向目标靠拢！"

两艘飞船并排飞行着。大家都没有窗户，但是都打开了电视屏幕。互相之间，人是看不见的，只看到对方的宇宙飞船像是一动不动地悬在宇宙空间。

两艘飞船交换着电报：

"别动，等着我们靠拢。"

"我们动不了——没有燃料。"

宁业中忍不住了，拍发了这样的电报：

"你们从什么地方找到能源？"

回电是这样的：

"没有能源——天体运动的力学法则帮助了我们。"

"前进号"靠近了"东方号"。

"快，"继恩说，"穿上宇宙服，我们要在舱门口迎接他们。"

正在这时，屏幕上看见"前进号"舱门边外壳上伸出一根大约三米粗的管子，直对着"东方号"的舱门。他们感觉得出这根管子接触到宇宙飞船船身的微微的震动。他们打开舱门，看见两艘飞船已经依靠这根管子衔接在一起。管子里面是亮的。那边，"前进号"舱门也打开了，穿着宇宙服的三个人络绎走了出来。

对接就这样实现了。

就在两艘飞船间的这条甬道上，六个人团团抱在一起，热泪盈眶。八年过去了，他们曾经以为今生今世再也不能相会，然而，却在这离地球八万亿公里之遥的太空，如梦幻似的相逢了。

继恩做出手势，邀请"前进号"三位宇航员进入自己的机舱。

岳兰却从宇宙服里掏出一个什么仪器，像手电筒似的，沿着甬道对着"东方号"接缝处照了一圈。继恩明白，这是检查有没有漏气哩。他心想，才七八年，地球上的科学技术进步到什么地步了？钢管只碰了碰"东方号"的船壳，就焊得严丝合缝。

大家相逢时的场面就甭提了。

"东方——前进号"两艘连在一起的宇宙飞船，就像一个很大的"H"字，在宇宙空间转了个大弯子，踏上了飞回太阳系的归途。他们把暗星云、黑洞、银河系核……一切曾经使他们激动、烦恼、担忧、恐惧等等的天体遗留在后面，正前方是一颗黄色的亮星——这就是太阳。

"东方——前进号"返航的消息轰动了全世界。从他们进入太阳系的疆界——冥王星的轨道上，立刻拍来中微子电报，七天之内，全世界有多少人要求到宇航城来目睹这盛况啊！

"东方——前进号"联合宇宙飞船是在入夜以后进入地球大气上层的。世界各地都有许多人看到这颗十分明亮的"星星"在夜空中缓缓掠过。它绕了地球一圈，又绕了一圈，同时利用地球大气层的摩擦来减慢自己的速度。拂晓时分，联合飞船在太平洋上空，日本北海道和北部四岛的许多渔民都看到它们，然后是朝鲜北部的气象哨的科学工作者，的确像一个巨大的"H"字。到达沈阳和铁岭上空的时候，天已经亮了，事后许多小学生的作文里写道："我早上起来，一眼看见一架有两个机身的怪飞机在头上飞过，没有声音，但是尾巴上留下一道白烟……"

联合飞船大体上是沿着纬度线自东向西飞行的。早上七点整，它飞过银川市上空时，已经低得让地上的居民看清楚鲜红的两行大字：

"DONGFANG""QIANJIN"。

联合飞船一在宇宙城的地平线上出现，立刻带来了响彻云霄的鞭炮声和锣鼓声。联合飞船到达基地上空时，稍稍往上一翘，原来斜躺着的"H"字摆正了，然后慢慢下落——仿佛是蹲下来似的。这样，两艘飞船都直立在基地中央。

穿着轻便宇宙服的六个宇航员分别从两个舱门走出来。

以后的事情——以后的事情还用说吗？大家的激动是无法用语言表达的。只是邵继恩在第二天——9月30日——国庆节的前一天，过了他27岁的生日。邵子安看到了，宇航事业后继有人。人类，不光是大地的主人，也应当是宇宙的主人，这个理想正在变成活生生的现实。

银河迷航记

〔中国台湾〕黄海

与冥王星的基地通过最后一次电信后，银河九号太空船的指挥官罗伦凯，对着麦克风向全体船员宣布："我们就要离开太阳系了！"

罗伦凯表情严肃，心思沉重地注视着仪器板。人类就要迈向太空深处，去寻访另一个未知的世界，开拓新领域。跨出太阳系以后，就变得无依无靠了，所有遇到的任何困难，都必须以耐心、智慧和创造力加以克服。银河九号已自成一个太空中的孤岛，它是利用一颗小行星挖洞打造而成的球体太空船。

指挥舱后面的圆形集会室，聚集着全体船员，他们盘腿坐在地毯上，沉静地与太阳系告别，有如小孩脱离母体一般的震颤与紧张。

太阳已经远了，远到难以辨认，成为群星中的一个小光点。太阳的圆盘形轮廓，原是人们所熟悉的，那是生命的源泉呀！在地球、在月球，或是移居火星、金星的人类，平常望着这颗恒星，丝毫不觉得它的可贵，它已存在了五十亿年之久，仿佛它就是一个永恒的保姆，人类永远不会失去它的光与热，永远不必担忧它是否继续服务。如今，银河九号太空船载着272名船员，其中女性126名，就要远离人类的家乡，奔向浩瀚太空，寻找另一个地球，在那儿建立乌托邦，也许有去无返，只有在太空船内终老一生。

电信组长林宗清忽然接到电信，他紧张了起来。

"是月球基地来的。"他对罗伦凯说："找你，指挥官。是你爸爸打来的。"

罗伦凯苦笑了一下，他为林宗清所说的"爸爸"感到滑稽。他的"爸爸"罗永福，是中国最优秀的太空人，他在最恶劣的环境下登陆冥王星，进行有史以来人类第一次对冥王星的探测；随后，那儿的基地和观测站，很快的被建立起来。罗永福的心脏不好，因为在太空旅行中，发生机器故障，氧气一度缺乏，差点要了他老命；他为了保养身体，就一直住在低引力的月球上，以减轻身体负荷。罗伦凯是用罗永福手臂上刮下的细胞，取出细胞核，再把除去核的卵和罗永福的细胞核结合，经过分裂生殖法培育而成的人，他的面孔、身材、个体成了罗永福的复制，只是比罗永福小45岁而已，他的心脏无须再加改造，因为罗永福的心脏是后天的毛病，遗传因子本身是健全的。

银河九号已逐渐脱离太阳引力，无线电从月球宁静海殖民都市到这儿要19个小时，因此罗伦凯听到的是19小时以前的声音，电脑很快的又将声音转化成文字：

"伦凯，我的宝贝儿子：在这离别的时候，爸爸只有祝福你，平安快乐地抵达另一个世界。记得你出生在火星殖民地罗威尔市的时候，是多么大的一件新闻，你已注定了今后一生该走的路，人们把加在我身上的期望与赞美，转投在你身上，因为你是我的化身，你继承了光荣传统。还有，不要忘了人类的能力不是最高的，宇宙间一定还有更高的能力存在，未知的仍然比已知的还要多。再见，祝你平安快乐。"

现在，无线电虽快如光速，也成了一封信，罗伦凯的回答，要19个小时之后才能传送到月球宁静海，他只回了简单几句话，传回去请他的父亲不要挂念。

会议室所有的人都在流连地注视逐渐变小的太阳光点，不用说，火星、地球、月球、金星，几个有人类殖民地的星球，早已不可目见，隐入永恒的宇宙中。

罗伦凯走出指挥舱，遇到了营养学家伊丽莎白。她在对他抛媚眼。她是地球上20世纪著名影星伊丽莎白·泰勒的化身后裔，当年伊丽莎白死后，立下遗嘱：冰冻尸体，等待复活。后来，她在22世纪复活了，认为人生没有意义，又吃安眠药自杀了；在她第二次死前，曾立下遗嘱：保存她的部分细胞，以便进行分裂生殖，繁衍和她长得一模一样的后代。于是，和当年伊丽莎白·泰勒一样迷人的女孩子，在以后的几世纪分别降生了，连名字也干脆用同一个。她是美丽与性感的象征，在20世纪中期的末叶，曾经风靡了全世界。

"指挥官，该休息了。"伊丽莎白的紫眼睛格外晶亮迷人，她从盒子里拿出营养丸塞到罗伦凯手里。

"谢谢！"罗伦凯微笑了一下，把它塞入自己嘴巴里。

当他宽阔的肩膀和她擦身而过，闻到一股她身上散发出来的香水味，他真想打她官腔，她已违反船上禁例，不应该夸大性的吸引，太空船内除了一百对夫妇以外，其余的男女，都是经过生化处理，暂时不会对异性感兴趣的，伊丽莎白和罗伦凯一样是光棍。即使夫妇，在太空船内也不准随便生育，以免引起人口爆炸，破坏维生循环系统的平衡，除非登陆星球，建立殖民地，才可解除禁例。

"各位女士、先生，"罗伦凯对全体广播："第一次集会已经结束了。"

所有的人纷纷站起来，准备回去冬眠，将生命冻结起来，等候指示，再醒来做事。

牧师詹森仍在闭目祈祷，念念有词。他也是个工程师，他是在金星出生的试管人，同样是经由无性生殖技术分裂细胞长成的人。他的前身是20世纪地球上的奇人——以色列一位名叫尤力格勒的后裔。根据历史记载，尤力格勒几乎是有史以来最伟大的超感应人，他能用心灵力量做出许多事情。遗传工程学家特别重视他的遗传因子，设法复制他，使他的许多后裔都保留了这项特殊能力。

詹森祷告完毕，睁开眼睛，目光正好与罗伦凯碰了个正着。他浓眉大眼，看起来就有一股慑人的气势，薄薄的嘴唇紧抿着，表露出他的坚定不移的信仰。罗伦凯从阅读历史中知道尤力格勒生前没有进过教堂，但仍虔诚相信上帝，他能知道别人的心思，用精神力移动东西、弄弯金属，而他的化身后裔竟然变成了传教人物，这是因为复制人类以后仍保持新人的独立人格，给予他自由意志发展自己。不过，未免有点奇怪。

"没有什么好奇怪。"詹森说，他已知道罗伦凯心中的话。"我相信有一个全能的造物主，没有他，一切都不存在。"

詹森又谈起了历史，1945 年 7 月 16 日，美国在新墨西哥州试验第一颗原子弹的时候，在未引爆之前，几乎所有的科学家都在默默地祷告，因为人类自感渺小，竟敢公布上帝保留了亿万年来的原子的秘密；当 1968 年美国太阳神八号太空船首席绕月球轨道，人类第一次在那么遥远的太空回望自己的家乡地球，太空人就曾透过无线电广播，念出了创世纪的第一章；多少世纪以来，自从人类自地球向外扩展新天地，认识地球在宇宙中的微小地位，科学与宗教的冲突结束了，新的宗教观融和了科学观，使人类更能接受。

"为我表演一下如何？"伊丽莎白拿了一颗青色小豆，递到詹森手里，"你能使它发芽吗？"

"可以试试看，不一定有把握，但我实在不愿意试。"

几十个人围拢来，为了目睹一次精彩的表演，他们鼓噪着，纷纷要求他表演超能力。

"做吧！"罗伦凯鼓励他："为了鼓舞大家的士气做吧！为了你的信仰做吧！"

詹森以双掌合盖着豆子，凝神静气约有一分钟之久，打开来，那颗豆子赫然长出了芽，响起了一阵爆起的欢笑，似乎人们满足于与神站在同等地位，对于神起了嘲讽。詹森又盖起豆子，注目运气，再打开手掌以后，芽已不见，豆已恢复原状，而他已是满头大汗。

"这是魔术吗？"有人问，是一个蓄八字胡的青年，他是维生循环系统的检查员陈仁兆。

詹森没有正面回答他的问题，他用心灵感应术道出陈仁兆刚才的秘密：

"刚才你为什么偷吻你太太？但你又后悔在火星和她结婚，你想另找对象？异想天开哩！你还想找个外星人结婚？"

陈仁兆窘了起来，红通通的脸上两颗眼睛骨碌转，他说："不可能吗？"

"那才有意思呀！"另外一位工程师刘汉维说。

"别胡扯了。"罗伦凯劝开他们。

当然，罗伦凯也知道太空飞行的心理、生理压力，能有适当的方式来发泄也好。21世纪早期的太空船还相当落伍，速度很慢，也没有冬眠设备可以停止生物时间，长途的太空旅行是相当寂寞难耐的。

指挥官再度下达命令，要各人回到自己的冬眠箱去准备安息。有人提议合唱一首"星空之旅"再去，于是又是一阵欢呼。歌声很快地从每一张兴奋的嘴里发出来，在飞离人类家乡这么远的太空深处，人的存在竟是这样壮丽，奋斗创造的信心与勇气是可歌可泣的。

我们来自银河系的郊外，要进城去游赏繁华，多么新鲜刺激！

人身血液里的铁、牙齿上的钙、基因中的磷，本是数十亿年前的恒星原料所制成，

我们是星辰的儿女，

就要在星光中跳跃。

太阳已远去，隐入灿烂众星里。

行程永无尽，天宇任遨游，

光线有多快，人也有多快，

人是宇宙的荣耀，从太古到永远。

歌声止住后，罗伦凯打发他们各自回去冬眠，所有的人慢慢离开了，维生循环系统主任张晓燕负责安置他们冬眠，并命人一一检查设备。

银河九号太空船实际上是一颗直径 2.2 里的小行星，它使用反引力推进，并且神奇地克服惯性作用，可以瞬间停止、起动、直角转弯，和传说中的飞碟一样，里面的人不会因为瞬间加速而受伤害，它也有自己的重力系统，整个星球船不断地旋转，制造人体所需要的重力，当它全速飞行，可以接近光速。

罗伦凯回到指挥舱，召集了 20 位骨干做任务指示："我们要在本银河系寻找可居住的世界，如果我们脱离本银河系，以次光速直向两百三十万光年外的仙女座银河星系飞去，按照地球时间虽然要两百三十万年才可以抵达，但是相对论时间扩张效应十万倍，可以在 23 年左右抵达，为了避免离开太远，还是在本银河系寻找。在飞行搜索时，必须减速，无法以次光速航行，一旦速度减低，相对论时间扩张效应就会减低，因此，我们每个人必须注意自己的老化过程，珍惜生命，一有差错，说不定一觉醒来已经衰老得不能说话走路了，或是根本醒不来，成了一具木乃伊。"

所有的人走了，罗伦凯还坐在脑电仪旁边的椅子上。他通上了电极在自己脑部，使自己进入虚幻美境去陶醉一番，有如 20 世纪的迷幻药作用，所不同的是，脑电仪不会伤害身体，它有松懈内心压抑的功效，对于长途旅行的太空人特别有益处。另外有一种降低人体新陈代谢、防止老化速度的电子仪器，专供指挥官和高级主管使用，以代替冬眠，它可以使人进入浅睡状态，遇有紧急事故，再由机器人唤醒，但效果比冬眠差些，无法完全停止生命，使用时间不宜太长。

他憧憬着太阳系的那边，地球上的美丽景色，白云青山，壮阔的野地与一望无际的海洋。他曾在巨型人造卫星太空站上面俯视大地，看见中国大陆与宝岛台湾，亮丽诱人，古老的中国文明曾经一蹶不振，终于在一阵发奋图强后，重新创造了更进步的文明。虽然自己诞生在火星，那儿的环境是人类后来用人工改造的，景色与地球不同，许多地球人都还羡慕住在火星的居民，常常来观光度假，他还是喜欢地球，他怀念那一次的中国之旅，爱好自由和平的中国人民，以他们的智慧和斗志，经过一度剧烈的改变后，加之多少世纪以来的不断努力，已把中国建设成一副全新的面貌。地球本是人类的原始家乡，如今地球已不可目见，只有太阳成了隐约的遥远光点。

他幻想着、思念着、回忆着，那一次从火星回到中国大陆的旅游。他爱上一个女孩子，她是个老师，乌亮的卷发、长睫毛、大眼睛、白皮肤、美好的身段、微笑迷人，露着编贝玉齿，她是江西遂川人。在阳光普照的海滨沙滩，他们玩着泥沙，追逐嬉戏，数着天上的云朵，讲火星上的趣事，讲中国英雄的伟大而感人的事迹。女孩非常喜欢他，也喜欢他讲的火星上的一切，但是她不能接受一个事实：罗伦凯是一个无性生殖的复制试管人，他是人家的副本，他只是中国太空人罗永福的化身而已。

"最少你应该有父有母才像个人呀！"那个叫李小珍的女孩最会撒娇，她笑着问他，长睫毛下闪动着晶莹的眸光。

"这是不得已的。"他回答小珍，心里有一种受辱的感觉。"我生来就是如此，不要怪我！上帝造我就是这样。"

朦胧恍惚间，他怀念地球上游山玩海的日子。虽然他长期在火星的低引力环境下生活，回到地球很不习惯，走路脚步迟重，动作不能灵活自如，他还是把这个球体视为伊甸园。从多少世纪前，地球人口膨胀到150亿，地球就不再增加人口，被适当地控制住。地球上一度发生非常严重的能源危机、人口爆炸、粮食不足、种族歧视、大气污染、生态不平衡等等问题，早已成了历史陈迹。茫茫星空，无边无际，一片浩瀚广大的迷漾黑暗，只有众星的光亮照耀着旅程。银河九号太空船在星点与星点中穿梭前进……

多少世纪以来，人类扩展了生活领域，从地球移民到月球，改变火星、金星的大气层，建设新环境定居下来，疏散地球上拥挤的人口；人类的文明飞跃进展，好奇心与不知足，使人类的足迹踏遍太阳系每一个行星。

银河九号太空船是由火星基地负责策划建造的，从火星派出探险家，前往太空捕捉小行星，而后在火星太空轨道完成建造。利用小行星做船壳的主意，是当时来自地球的中国台湾科学家颜清南和余金秋出席火星会议所提出的，这样可以使居住在里面的太空人，有舒适的环境，保持维生系统的循环，能源及食物永不枯竭。会议中有一部分科学家曾主张：将距离火星12500英里的小卫星戴摩斯改造，成为星际太空船，免得再劳师远征太空，去捕捉小行星；但是戴摩斯卫星直径五英里，在火星赤道上空轨道以每日绕火星五分之四周西升东沉运行着，对火星殖民地来说，有很好的用途，要把戴摩斯改造成太空船，叫它永远消失不见，火星居民自然不愿意，而且戴摩斯体积也嫌太大了。

太空船内的维生系统设计得很周密，人造大气和加压辅助装置，保持内部空气成分及加压作用，使每平方英寸有7到14磅的大气压力，其中氧的分压力每平方英寸2至5磅，其余为氮气的分压。此外，还配合净化系统，保持二氧化碳和其他污染气体在空气中有一合宜的浓度，不致伤害人体，通风与湿度都在控制之内，水可以循环使用。

这是一项危险而刺激的旅行。志愿参与这次太空壮举的并不踊跃，这不像当初地球上欧洲人移民新大陆，也不像从地球移民月球或火星、金星。要跨出太阳系去寻找第二个地球，比原始人凭一叶扁舟飘流海洋去寻找岛屿还要困难千万倍。恒星与恒星间的距离，平均在数光年到数十光年之间，恒星不一定有行星系，即使有，也不一定适合人类环境。像太阳系的火星、金星，是经过许多世纪的改造建设，才适合人类移民定居，更远的海王星、冥王星只能安置观察站。

银河九号太空船内，还携带了许多人和动物的胚胎细胞，分别装在试管里面，冷冻保存，必要时可以培育新生命。很久以前，胚胎的保管输送是装在活动物的子宫里面，运到目标星球再取出来培育；现在为了适应长期太空旅行的环境，唯恐母体在旅途发生变化，影响胚胎，一律装在试管里面冷冻保存。

罗伦凯醒来的时候，发现有异样，他揉揉眼睛，摇摇晃晃站起来，看看仪器表，太空船停了。

"发现了奇怪的东西。"全能机器人说。"前面五百英里左右的太空，有一个物体发出强烈电信，好像是一种生物发出的。我们的电脑都把它记录下来了，还分析不出所以然。"

超感应人詹森很快被机器人二号唤醒，他来到指挥舱，凝神注视前面的小小发光体有一会儿，他说："我的感应力有问题，我只能看到一具模糊的人形样子，也许是外星人吧！但是我感觉不到他有生命，好像已经死了。"

更多的信号来到了，电脑将信号排列组合成图形，再加以翻译，这回很快得到结果。这是一艘外星人的星际探测船，他们因为机械故障，推进器瘫痪，只凭惯性作用在太空飘荡，亟待拯救，里面的太空人生命在冻结状态，如果有别的智慧生物找到他们，必须先看看生命冻结装置是否完好，再进行解冻，使他们复苏，要是死了，也就算了。

罗伦凯小心翼翼驶往前去，那艘遇难太空船是圆筒形的，直径不过二十英尺，高五十英尺，和银河九号一比，简直是小巫见大巫，银河九号驶到它右侧，保持等速，两者就像静止一样停在太空中。

机器人二号受命前往执行任务，探查真相，他备有小型火箭器，在距离五十英尺外，飞跃过去，攀住它，用挂钩钩住船体，发动火箭，将它推入银河九号腹舱内。

经过检视之后，断定两个外星人已经死亡，比詹森感应的多一具，冷冻系统已损毁，只有电脑勉强在发出求救信号。两个外星人，形状和人类差不多，比人类矮小，长得很丑恶，皮肤粗硬如牛皮，鼻子和嘴巴只有洞，没有似人类般优美的轮廓，眼睛大如番茄，塌陷很深，有一层厚膜覆盖着，大概他们居住的世界阳光比较弱的关系，可能他们的眼睛可以看到紫外线，耳朵可以听到超音波，整个看起来只似雕刻未完工的人形而已。

詹森用心灵感应术和火星基地联络，报告情况，那是另一个尤力格勒的化身，在太阳系接收感应，从出发到现在，已经过了一百二十年地球时间，人类家乡的文明又比以前进步很多了。宇宙的距离用无线电来通信已嫌缓慢，只有心灵感应术可以突破限制，随传随到，没有时空阻隔。

从太阳系那边来的答复是："欢呼吧！欢呼吧！为人类的文明而欢呼吧！"另一句话是："注意检疫工作，不可以有太空病毒的污染。"

繁复的检疫工作做完以后，生物工程学博士黎国雄在干部会议上提出了建议："我们可以复制一个活的外星人，长得和尸体一模一样的外星人。有没有人赞成？"

与会的人面面相觑，不知他说话的用意。黎博士继续说："在地球上，曾经有人做过实验，从古埃及的木乃伊的组织里，取出遗传因子，制造出一个活人。他是古埃及人的后裔，却活在数千年后。我们也可以从外星人身上取出遗传因子，进行复制，甚至也无须要动手术取外星人组织，只要外星人有遗传密码的电信蓝图给我们，就可以在实验室复制。复制外星人的好处是：研究外星人的身体构造，了解他，以便将来和外星人打交道，虽然我们自己培育生产的外星人，不会讲外星人的话，但我们可以设法与外星人通信，先用一些基本符号通信，慢慢的就可以吸收外星人的文化，做文化交流。从事星际探险工作，就是要推动人类文明的进展，从整个人类的历史来看，没有文化的交流是不会有进步的，星际文化也是如此。"

"你认为怎么样？"罗伦凯问詹森："你的感应力怎么说？这样做妥当吗？"

超感应人詹森进入沉思状态，很久，才回答："我们对生命过分干涉了，这样可能会有恶果。我反对！"

"这只是他的顾虑而已，"黎国雄说："我们的指挥官，还有詹森你自己，还不是复制人？"

"让我们表决一下。"罗伦凯说。

20位高级干部的会议，有15票赞成，5票反对，2票弃权。就这样决定复制外星人。黎博士说，最少必须有3年的太空船时间，才可以培育长大1个成年外星人。他是以人类为标准做假定的，人类的生长期到成年是20年，在实验室中可以缩短为2年到3年，这个试管人在未出厂时必须用知识丸及脑电仪灌输知识，使他有智慧。

突然，会议室的门开了，一串裂人心肺的尖声喊叫，随着一个老丑得骇人的老太婆出现了，她莫名其妙地大哭大叫，把20个人都愣住了。

"你是谁？哪里来的？"罗伦凯喝问，"我们太空船上并没有这个人呀！"

弯腰驼背的女人，面皮老皱得像胡桃，看起来有一百多岁了，她不停地哭叫吵闹，像是精神病发作：

"让我死吧！我不要活了……我又老又丑……"

詹森端详一阵，忽有所悟地大叫起来：

"她是伊丽莎白！她是伊丽莎白！"

老太婆伏地痛哭不止，连声音也丑丑怪怪的。她的冬眠装置一定发生了问题，以致在太空旅行中生命继续老化，女人都是爱漂亮的，当她一觉醒来，发现自己成了丑八怪，当然痛不欲生。

维生循环系统工程主任张晓燕，她感到很讶异，因为这时候除了高级干部暂时停止冬眠起来参加活动以外，一般人都还在冬眠，伊丽莎白怎么会自己醒来又起身呢？检查过电脑和机器人的记录，都没有叫醒她，而且她的冬眠装置也一直没有发生故障。

"我梦见一个长得很丑的女外星人，吓死我了，我就惊醒了！"伊丽莎白说完，突然像一头凶猛的野兽朝张晓燕扑去，狠狠地咬她的手臂，使张晓燕痛彻骨髓，大呼救命。

"是你害了我！"伊丽莎白声嘶力竭地喊叫："你嫉妒我的美丽，你是维生系统主任，所以故意做了手脚。"

罗伦凯一面命令重新检查所有的冬眠设备，一面排解伊丽莎白的胡闹。

女人是情绪动物，一不如意就会迁怒于人。在罗伦凯的劝慰下，她停止了对张晓燕的攻击，但仍哭闹不已。

"詹森，到底怎么回事？有什么感应没有？"罗伦凯问。

"我现在头痛得厉害，完全失去感应力。"詹森好困惑。

哭声止住，伊丽莎白瞪大了可怕的双眼，冲到黎博士面前，双手抓住他肩膀，死命地摇撼。

"你要为我想办法！"伊丽莎白喊叫着，像一只老乌鸦的可怕叫声："你要为我重造一个人，把我变年轻！"

黎博士微笑地点头，他已经知道该怎么办了。

人体生命的永远存在与延续，在人类历史上一直是个梦想，从来就没有实现过，如今，在银河九号太空船上，就要从事这项生命的重塑与延续工作。

伊丽莎白全身各器官及脑部，已全部老化，是快死的人了，不可能运用老式的器官移植办法，以自己体细胞先行培育自己的预备器官，诸如心、肝、肺、肾、胃等，以便随时更换，其实她的这些器官太空船上也有，如果逐一更换，无济于事。经过全体干部会议讨论以后，黎国雄做了决定。

"各位女士先生，"黎博士说："有一件秘密，我现在才向各位报告：当初我们被派往太空各地去寻找新世界，我们所付出的代价是相当大的，因为我们可能永远回不了太阳系老家，因此，我们携带了一项特别装置，它可以使人永生，它不是器官移植，而是灵魂的复制移植。"当他讲到最后一句话时，特别加重语气，提高声调，他停顿了一下，环视众多的诧异眼光，继续说："这项超级机密，只有电脑、指挥官罗伦凯和我知道，预备在将来有人老化到极点，快要死的时候，才加以运用，办法是这样的：必须先从伊丽莎白身上取出体细胞，复制另一具一模一样的人体，但是比较年轻多了，等于是个全新的人，从婴儿到成人，必须保持新人的脑部空白：直到适当时候，将老人唤醒，利用一种非常精细的仪器，连接两人脑部，把老人的思想、记忆，全部灌录到新人脑部去，运用这种方法，人的肉体可以不断更新去旧，灵魂永生……"

"我的上帝！"詹森呼喊了起来："太可怕了！"

"好哇！"伊丽莎白大笑。

"那具老人怎么办呢？"

"让她自然死亡，再废弃掉。人类永生不死的梦想就可以完全实现。"

"还没有！"詹森忍不住又开口了："死去的人不能复活。根据你的这项说法，并不能完全使人免于死亡，要是一个人在死去之前，来不及准备自己二副身体，那就办不到了，你所说的永生不死，还是有条件的。"

"可以办到。"黎博士斩钉截铁地说："我们有一种仪器，能够在人未死以前预先收存人脑的思想记忆，我们可以复制了人以后，再将机器所保存的资料，输送到新人的脑袋去。"

"不可思议！"张晓燕还在为自己被咬一口而不甘心。

"于是，人按照自己的形象造人。"

电脑自动记录仪器写下了这句话，造人的工作随之开始。黎国雄从伊丽莎白身上取出一片小组织，在电子显微镜下做极为精细的显微手术，使细胞实行分裂生殖，每一个细胞都可以造成一个人，但要做这种手术非常困难，必须浪费许多细胞，手术完成后，细胞便开始分裂，将来会培育长成另一个伊丽莎白的副本。细胞开始在分裂长大，以后的工作，全部交给自动控制仪器和机器人去照顾。

黎博士再进行复制外星人的手术。

剩下的只有等待。太空人各自回到自己的冬眠箱将生命暂时停止。当黎博士、指挥官罗伦凯和詹森再度被机器人叫醒的时候，已经有两具新造的生命体在等他们了。伊丽莎白的脑思想记忆的转移进行得很顺利，那具新人，原来是木偶一样的静静躺在玻璃子宫里面，现在有了灵性了。当她站起来的时候，发觉自己身上一丝不挂，她开始感觉到羞耻。

"那个死鬼李察波顿……"她突然冒出了一句莫名其妙的话。

黎博士要她再躺回子宫里去，重新把仪器装上，调查她的思想记忆。根据黎博士的解释，人的潜在意识有时候会保留远古祖先的一部分，这就是为什么有人从来没有到过某地，会突然对某地有熟悉之感。

伊丽莎白再度起身，詹森送了一件袍子给她穿上，她看起来才20几岁，又年轻又漂亮，她忸怩作态，搔首弄姿，微笑着向罗伦凯抛媚眼。

"这就是永生的奇迹吗？"詹森叹息着。

"这是死里复活。"黎博士说。

年轻的伊丽莎白朝老伊丽莎白瞟了一眼，对她说：

"你看我，我多么漂亮，我讨厌你！你真丑，你像魔鬼一样丑恶！一样可怕！"

老伊丽莎白的气息很微弱，形同待死的人，听到有人这样批评她，竟然缓缓地移动身体，站起来。

"我们同是一个人！"她说："我们的灵魂原来是一个，分裂为两个，你就是我，我就是你！完全没有分别，只有肉体不一样而已。你不用嘲笑我，我也不用羡慕你。"

"不，不！"年轻的伊丽莎白狂呼暴跳起来："伊丽莎白只有一个！"

詹森和罗伦凯交换了一个眼色，这个结果是他们当初所意料不到的，他们刚在讨论如何使已经制成的外星人有灵性有思想。

"不知道是怎么回事，"詹森说："刚才我好像感应到外星人已经有自由意志了，我好像幻见外星人自己站起来，开走了他们自己的太空船。"

"根本不可能的，"罗伦凯说："他现在还没有灵性！就算有，也是人类的，不会是外星人的。"

猛不防听见一声凄厉惨叫，老伊丽莎白的身体冒着烟倒下去了，新伊丽莎白手里拿着死光枪，她杀死了自己的前身。

黎博士夺下了伊丽莎白手里的死光枪，他咆哮着：

"你干吗杀人？"

"那是我自己，我有权利杀死她！"

"上帝惩罚你！"詹森大叫，"是她生你的，没有她哪有你？"

"她迟早总要死的，我不高兴她活着。"

伊丽莎白突然双手按着额头，大叫头痛，经过罗伦凯与黎博士一阵安抚之后，才略为定了神。詹森为死去的老伊丽莎白祷告。

"没有，灵魂并没有转移！"詹森忽有所悟地说："只是灵魂的复制而已，这能算永生吗？"

一阵混乱与忙碌过后，他们把伊丽莎白放回她的冬眠箱。现在他们明白，复制新人而使他的脑际一片空白，正如制作空白录音带，老人是原版录音带，将老的录音带转录到新带里，自然老的录音仍在，除非消除它，否则不会消失。

新造的外星人静静地躺在玻璃子宫里面，他们暂时不去理会他，到必要时再去灌录人类思想给他，不过目前已叫他暂时停止生长，将生命冻结起来。他们火化了老伊丽莎白的尸体以后，就各自回去冬眠。

银河九号继续向前行驶，机器人在做全船的控制与监视工作，并负责搜索行星系，期望在茫茫太空中找到一处人类的乐土。

不知经过多少世纪，也不知发生了什么重大变故，机器人一号按动了全船人员紧急集合的按钮，于是，所有的人都从冬眠中苏醒。像他们出发时离开太阳系的情景一般，全体人员聚集在会议室。

指挥官罗伦凯和黎博士，发现外星人的太空船失踪了，复制的外星人也不见了。

许多人议论纷纷，高级干部也在查电脑，追问机器人，到底发生了什么事？为什么机器人会失常，按动紧急集合电钮？过去的时日，太空船内到底发生了什么事？电脑的记录竟是一片空白！从接运外星人太空船进来以后发生的事，全部没有记录，或是记录已被抹除了？

罗伦凯召集20位高级干部到指挥舱去，和大家商量。

"过去发生的事情是集体幻觉吗？我们20个人都发现外星人太空船和里面的尸体，不可能是做梦，现在什么也没有了，我们造的人也不见了！"罗伦凯激动地说。

人人嘈杂地讲话，莫知所以然。詹森的超感应力派上了用场，他自言自语：

"我……我手里怎么会有一卷录音带？"

他走到录音机旁边，放入录音带，开动它，播放出来的竟是他自己的声音：

"各位太阳系来的文明生物访客，现在就借着你们自己的口讲几句话。经过我们太空浮标系统的探测考察之后，我们觉得人类还相当幼稚野蛮，盲目地追求永生，只有手段而没有目的，不知改造人性，未免太可悲了。

"不错，人体的复制和脑思想的转移复录，正是通往永生之路的石阶，但人类的本性竟隐藏了不可救药的残暴倾向，嫉恨、仇恨、贪婪、爱慕虚荣、只重外表、不务实际、肉欲、自私……从伊丽莎白的个案可以看得清清楚楚。

"我们是银河乌托邦的守卫者，在银河各处太空设有浮标，专门侦测监视前来寻找乌托邦的知性生物，也负责检查知性生物的心灵，看看是否真正爱好和平的访客。如果确实是，我们会用浮标太空船引导他们前来，帮助他们过美好的生活，否则，我们只有弃之不顾，请原谅我们用假死来欺骗你们，使我们可以进来考察。

"经过详细的调查检验，我们认为，人类的科学技术已足够进行星际探测，虽然和我们相比，还极为幼稚，成就仍然惊人而可观，但是心灵方面却需要长期的进化改造，不是可以在短时间内改变完成的。

"我们的心灵非常高贵，高贵得可以脱离肉体而单独存在，这是由于长期的心灵生活、自我创造的成绩，所以当我们的心灵不附在肉体上，那副肉体就成了假死状态，不需冬眠，也可停止生命。

"伊丽莎白只是我们的抽样试探考验，请原谅我们作弄她。人类必须还要经过一段漫长时间的自我改造，才能了悟生死与幸福和平的真义。请原谅我们不告而别！

"再会吧！太阳系来的美丽动物，两只脚的美丽动物，在未来是很有前途的，不要泄气，再加努力吧！"

录音带播完之后，自动焚化了。

在场的干部，如同大梦初醒。过去一些时间所发生的事，太玄秘而近于幻想，所有事实证据都消灭了。仿佛只是一场噩梦，仿佛什么也没有发生过。

"各位女士、先生，"罗伦凯对全体船员广播："因为电脑故障，发生了一场误会，劳驾大家起来，真抱歉。请你们还是回到原来的房间去吧！我们还在寻找新世界，我们一定会找到的，只要我们有信心，有爱心，只要我们肯努力……只要努力……"罗伦凯说到最后有点凄伤而难以为继地哽咽起来。

一切恢复平静后，罗伦凯回到指挥舱，詹森还坐在那儿沉思，若有所失，表情凝重。太空船外面依旧是无垠的星空，时间和空间都是没有穷尽的，无始无终，生命在宇宙中，只是在物质与能量场表演戏剧而已。

这时伊丽莎白走进来，浑身依旧散发阵阵香水味，她满脸迷惘困惑。她颤声说：

"我好像做了一个非常可怕的梦，我杀死了一个老太婆……那个老太婆……那个老太婆长得好丑恶……我用死光枪杀死了她……因为她说我们彼此是一个人，不分你我……我只记得这些。"

詹森用话安慰她，拍着她的肩膀，陪她一起回去冬眠。

"不要怕！噩梦就会过去的，只要心中有爱，什么都不怕。"

罗伦凯在冬眠之前，习惯地坐在脑电仪旁边，接上各种电极，肉体与精神的疲劳，使他难以承担，他要幻游多少世纪以前的世界，于是，他看到了太阳系那边的地球，那是人类的家乡呵！晶亮可爱的一颗星球，充满了绿色和蓝色的生机……中国大陆的锦绣河山……金黄色的海滩，雪白的浪花与湛蓝的天空……那个大眼、乌亮卷发、微笑迷人露着编贝玉齿的女孩……那个叫小珍的女教师，展露出可爱的笑靥在招引他……而那是多少世纪以前的事了。

银河九号太空船仍以高速航向无极的太空深处。

太空城的孙悟空

〔中国台湾〕黄海

中华一号太空船，经过三天漫长的太空飞行，终于抵达了巨大的人造卫星太空城。太空船的头部接合在太空城的圆筒形接收站，使太空船的内部得与太空城相连接，旅客可以走出来，进到太空城里面。

"各位旅客，太空站到了！"扩音器在广播，"请各位旅客先到入境检查室接受健康检查，再办理入境手续。"

伟伟和飞飞两个孪生兄弟，紧跟在妈妈身后，走进隔离检疫室，灵犬小青看到室内各种新奇仪器，不禁汪汪汪大叫起来，伟伟牵着小青，用食指竖在唇间，嘘了一声，叫小青别吭声，小青就静下来，只顾瞪着眼睛四下张望，用鼻子嗅嗅。

一阵叮叮当当悦耳的音乐过后，墙壁上巨大的彩色电视屏幕，出现了一幅映像，那是太空城的市长包维汉，露着一排洁白的牙齿，笑容可掬地向旅客招手。

"欢迎各位光临太空城！欢迎，欢迎！小朋友和小狗，可要特别当心！"

伟伟和飞飞朝电视屏幕扮了个鬼脸，市长也朝他们眨眨眼，说："待会儿再见。"

　　不久，服务人员领他们进入太空城的内部。伟伟和飞飞手拉着手，沿着走廊前行，由于人造地心引力微弱，身子稍微一蹬，人便横着窜过去，有一阵轻飘飘的飞行感觉，小青又轻轻叫了起来，好像蛮快乐的样子。

　　伟伟和飞飞边走边吹口哨，左顾右盼，猛不防摔了一跤，两人跌撞在一起。

　　"快起来吧！市长来了。"妈妈说。

　　包维汉市长微笑着远远走来，张开双臂，欢迎旅客，带他们从扶梯进入半圆形的电梯，一边指着太空城全景照片说：

　　"这是在太空船上拍下的太空城全景照片，非常壮观。"

　　"我们在太空船上看到了。"做母亲的说，"小孩子好快乐好兴奋，巴不得快点到你们这儿来看看。"

　　这是全世界各国的科学家联合建造的太空城，就在月球与地球的吸引力相互抵消处的太空中，整个太空城的外貌，很像一只巨大的脚踏车轮子，有六根轴通向中心的圆球体，大圆轮的边缘将近有两公里长，这里住着一万多个居民。包维汉做了简单的报告后，接着说：

　　"我们还要继续扩充，建造更大的基地，容纳更多的人口，将来可以容纳几百万人或几亿人，这是未来的远景目标。因为地球的人口太多了，资源也相当有限，我们必须在太空中收集太阳能供应地球，发展太空工业来帮助地球。"

　　他们被领到休息的房间去，机器人侍者毕恭毕敬地接受使唤，指点他们注意事项。

　　"我叫孙悟空七号，有事尽管吩咐，我专门负责接待你们这家人，平常你们就叫我孙悟空好了，要是我还跟别的同伴在一起，就叫七号，我就知道了。"

　　"你真的是机器人吗！"伟伟问。

　　"为什么你叫孙悟空？"飞飞问。

两个人充满了好奇，眼睛直盯着机器人刻板没有表情的脸，做母亲的在旁边直笑。

"我是一架会走动的电脑。"孙悟空说，"我的脑袋里具备各种各样的知识，我能完成各种危险的任务，尤其是太空探险工作。"

"好呀！"伟伟说，"讲讲你的太空探险故事给我们听听吧！"

"非常乐意，等你们休息休息，睡过一觉再说。"孙悟空说，"真荣幸，能够和中国科学家李锦天的两个孪生儿子见面，实在再高兴不过了。"

这时音乐铃声响起，墙壁上的电视屏幕出现了另一个女人面孔，微笑着说：

"火星来的电信，李锦天先生找他的家人。请你们站到电视面前。"

爸爸的脸在荧光屏上出现了，正在对他们招手。三个人也一起招手。但是，妈妈小声说：

"爸爸不能马上看见我们，要过20几分钟以后，才看得到我们，听得到我们讲的话。"

"为什么？"伟伟和飞飞不约而同地问。

"因为电信传到火星要20几分钟。"

爸爸在电视中向家人问好，叮咛他们在旅途中应该注意的事项，并且表示他的思念。离开地球5年了，他一直在火星上，为了建立火星上的移民区而努力，真是辛苦。这次，他们母子三人来太空城游览，打算经过此地，前往火星去，全家人可以在火星团聚。

等爸爸把话说完以后，伟伟、飞飞和妈妈也分别说了一些话表达思念之情。

睡过一觉之后，孙悟空带领他们去参观太空工厂、农场，并且用望远镜观察远在十几公里外的太阳能发电站。

"太阳能发电站有许多发亮的金属板，用来吸收太阳的照量，供应太空城市的用电，并且输送回地球去，满足地球的需要。"孙悟空说。

"孙悟空，你在这里工作辛苦吧？"伟伟问。

"有没有薪水可以拿？"飞飞问孙悟空露出奇怪的笑声，嘴角向上扬一扬，好奇地问："什么是薪水？我们机器人没有薪水这个名词呀！"

"薪水就是工作的报酬。"伟伟说，"像我爸爸在火星上工作，待遇非常好，所以我们能够到太空来玩。"

"我们的薪水就是与人类相处，换得一点乐趣。我们只有工作，没有什么薪水不薪水，"孙悟空指着远处的太空工厂说，"那些在无重力环境下所制造的奇妙工业产品，销往地球、月球还有火星移民区，非常赚钱。这里的工作人员，每人每月有五万美金的薪水酬劳，我们机器人是没有薪水的，因为我们没有什么欲望，没有什么花费，我们唯一的事情就是不停地工作和服务。"

孙悟空把他们带到一个窗口旁边，叫他们看着窗外，那儿许多各式各样的机器装备，散布在太空中飘浮着。

"这些东西不要了吗？"伟伟问。"因为太空城的空间有限，没有地方放。"孙悟空说，"这些设备就暂时移到太空中，让它漂浮着，与太空城在同一轨道中运行。事实上，整座太空工厂本身，原就像一件大装备，跟随着太空城在太空中作同步运行。"

他们又被带往观测站参观，借着高倍望远镜，观察遥远的星云及火星、月球与地球。太空城距离月球57000公里，距离地球33万公里，等于是1个人造小月球，它具有和月球一样的轨道周期，每29天绕地球旋转1周，太空城和月球的表面同步，固定停留在月球基地的上空。

当他们用望远镜观察月球上面的基地时，看见月球表面上隆起一个个肥皂泡式的罩子，孙悟空解释说，大部分的人都生活在罩子里面，并深入地层，也有月球车在基地外面走动，工作人员穿着太空装在进行实验与开垦工作。

他们再被领到一间实验室，孙悟空要他们分别坐在躺椅上，告诉他们，这是一种有趣的身临其境实验，被实验者只要坐在椅子上，就可以经由想象遨游太空深处每一个地方。

"这是一种奇妙的经历，"孙悟空说着，"当你们开始进入未知的幻境，会有一种前所未有的感觉，有人说像是灵魂飞升起来的样子，事实上谁也不知道灵魂飞升起来是什么感觉，只是一般人的形容而已。"

"这到底是什么玩意？"

"这是梦幻室，你们将要进入同一个梦境，在梦中游荡，直到我把你们叫醒。"孙悟空说，把室内的灯光弄暗。

音乐响起来，许多奇形怪状的光影与色彩在眼前出现，似乎有股奇怪的魔力，把他们的精神全部吸引过去，投到无穷深邃的虚幻之中，身子不由自主地飘过去，飘过去，心里只觉得迷迷糊糊，是快感？是震惊？是兴奋？叫人无法分辨……。

孙悟空出现在他们面前，影像由模糊而逐渐转为清晰，在恍恍惚惚中，他们坐上了太空船，朝银河系飞奔而去，伟伟四下张望，蓦然发觉飞飞不见了。

"妈！"他大叫，"飞飞到哪里去了？"

"飞飞？"妈妈回身四顾，不见飞飞，着急地大声呼喊："飞飞，你到哪里去了？"

太空船内静悄悄的，孙悟空坐在最前面，默默地注视着仪表板，正在操作仪器，并没有理会他们的喊叫。

"孙悟空！"伟伟近前去，拍拍孙悟空的肩膀，着急地问："你忘了把飞飞带来吗？"

"他不在这里，他还在太空城。"孙悟空说，"我们现在以光速的99%向前进，走到小熊星座的第一个星，距离地球10.4光年，来回本来要21年的时间，但是我们的计时仪器告诉我们只有3年的时间而已，这时在地月平衡中心的太空城，却已经过21年的时间；这个原理早在20世纪爱因斯坦的相对论中就提出了，不相信的话，等我们回去的时候，飞飞已经成家立业了，说不定有了小孩，如果我们再走得更远些，回来看看，太阳系那边可能已经过了几十年或几百年了。"

太空船在星际之间穿梭前进，时间似乎停止了，迷迷茫茫的，母子俩不知所去何方，不知所处何地，只知道已经远离太阳系，在星空之间飘飞旋转游荡，脑子里也不能思索什么，任凭孙悟空的摆布，他说什么就是什么，他要怎样就怎样，母子俩所能意识到的是飞飞被遗留在太空城，担心飞飞的安全。

"你们还是要回去的。"孙悟空安慰他们说，"等一下回去就可以见到飞飞。请你们不用担心。"

太空船飞着飞着，时间也在奔驰，朦胧间，好像已飞行了很远很久，很久很远，又听到孙悟空在说："我们就要回去了！""现在掉转回来！我们是以接近光的速度在飞行。""太阳系越来越近了！""太阳系是人类的摇篮。""我们已经在太空中旅行好多年了！"

突然，强光一闪，母子俩睁开了眼睛，惊魂未定的查看四周，好像又回到原来的出发点，室内角落有一个小男孩，做母亲的一看正是飞飞，不禁惊喜地投身过去抱住飞飞，猛亲飞飞。

"你是谁？"孩子问，"我不认识你。爷爷，快来！我怕，我怕！"

旁边出现了一个佝偻的老人，咳嗽喘息着，摇摆着颤抖的手，靠近来。

"他不叫飞飞，他不叫飞飞。"老人沙哑着声音，气急败坏地说，"他叫光光，李光光，他是我的孙子，我才叫飞飞，你们找我吗？"

做母亲的细细地端详着老人那张满是皱纹的脸，却是似曾相识。

"他叫飞飞。"孙悟空说，"他已经老了，做爷爷了，因为你们到太空去，不断的以接近光的速度旅行造成两种不同的时间差异。"

"你是飞飞吗？"伟伟抬头望着这个白发老人，不禁放声大哭。"天呀！

你怎么会是我的孪生兄弟。"

哭着，哭着，几个人抱成一堆，几个人的哭声混成一团，直到他们被灵犬小青的吠声惊醒，四身回顾，老人不见了，飞飞和伟伟彼此相拥着，恍然从一场大梦中醒过来，似乎明白刚才的一切只是一个梦幻之境，那是一个并不存在的虚幻世界，他们受骗了。

"我以为你们遗弃了我和小青。"受尽委屈的飞飞揩着眼泪说，"眼看着你们离开我，把我丢在这里，我梦见自己长大成人了，成了老公公，走都走不动了，我只能和自己的孙子相依为命，我好害怕，好孤单。"

"哈哈哈……"孙悟空发出奇怪的笑声，交抱着两臂，得意非凡地摇头晃脑，好像在为他开的玩笑而高兴。

"揍他！揍他！"飞飞说。

"孙悟空是大坏蛋！"伟伟说。

于是，小青也汪汪地叫着朝孙悟空扑去。

"这是我的薪水，今天是发薪水的日子。"孙悟空高举双手做投降状，大声说："我的薪水就是与人相处所换得的快乐，而且，我刚才还告诉你们相对论的原理……"